# 大木家のたのしい旅行　新婚地獄篇

前田司郎

幻冬舎文庫

# 大木家のたのしい旅行　新婚地獄篇

# 濡れた男

春になって少し暑いくらいの日に大木家の炊飯ジャーがなくなった。

大木信義と咲は結婚するにあたって互いの生活道具を選別し捨てたり誰かにあげたりした。

炊飯ジャーは信義のものが残され、咲の炊飯ジャーは捨てられたのだった。

かくして信義の炊飯ジャーは大木家の炊飯ジャーとなったのだった。

捨てられた咲の炊飯ジャーは紺色の小さなもので「厚釜旨炊き！」と書かれた銀色のシールが貼ってあった。咲の大学時代そしてOL時代、信義との同棲時代を一緒に過ごした炊飯ジャーだった。

二人は4年と少しの間、信義の家に咲が転がり込む形で同棲をしていた。同棲時代もご飯を炊くのはもっぱら信義の炊飯ジャーで、咲の炊飯ジャーはシンクの下に放置されてあった。

信義の白い炊飯ジャーも使わないときはそこに仕舞われており、普段は二つの炊飯ジャーが並んで置かれていた。咲はたまに暇なとき自分のジャーを出しては磨いたりするのだった。

信義は何度か咲の炊飯ジャーを捨てようとした。

「ねえ、これ捨てて良い？」

「え？　なに？」

「ジャー」

「駄目だよ」

「なんで」

「だって使うかもしんないじゃん」

「使わねえだろ」

「でも、駄目なの」

咲には信念みたいなものがあった。ご飯さえ炊ければどうにかやれる。

いつでもそう思って生きてきたのだ。咲にとって炊飯ジャーを捨てるということは信義との結婚を意味していた。意味分からない？　もし信義と別れるようなことがあれば衣服と炊飯ジャーを持って出て行くつもりだったのだ。服と炊飯ジャーがあればどうにかなる。それほど咲は炊いたお米が好きだった。

それで「厚釜旨炊き！」の炊飯ジャーを選んだのだった。信義の炊飯ジャーのご飯は自分の炊飯ジャーで炊いたものに比べ劣っているように常から感じていたが、そのことを言うのは信義の人間としての器をとやかく言うようなことに思え、口をつぐんできた。

信義が出張などで居ない夜は自分の炊飯ジャーでお米を炊いたりした。それは咲にまるで浮気のような罪悪感と、罪悪感からくるスリリングな快さをもたらした。

二人が結婚を決意したとき、咲はほんのちょっとだけだけど炊飯ジャーのことを思った。この人と結婚するのであれば私の炊飯ジャーは捨てないといけないんだろうなあ。と、そんなことを思った。実家に送るのも考えたがそれは、これもまあほんのちょっとそう思っただけなんだけど、夫になる人に対する裏切りのようにも思えたのだ。
そんなわけで生活道具を取捨選択するとき信義が当然のように自分の炊飯ジャーを残し咲のものを捨てようとする態度にカチンときつつも、まあそうだよな、と自分の気持を抑えて紺色の炊飯ジャーを捨てるリストに加えたのだった。

咲の炊飯ジャーが粗大ゴミとして持っていかれた夜、咲は炊飯ジャーの夢を見た。炊飯ジャーの夢といっても炊飯ジャーが主役のものではなく、なにやら咲がフラフラしていると炊飯ジャーが置いてあってその中に米が炊かれていて、といったシーンが少しだけある、そのシーンも夢全体の中では重要な位置を占めているわけではないような、そんな、どうでもいい夢であったのだけど、目覚めた咲はなぜか炊飯ジャーのシーンだけ鮮明に覚えていたのだった。
朝ご飯を食べて夫を見送って自分はパソコンでちょっとした仕事をしている間にそんな夢のことはもう忘れてしまっていたけど。

二人の新婚生活は何でもない生活であった。

二人はそのことに満足していた。何でもない生活。これまでの生活とほとんど変わりない、変わったのは住む家くらいだ。

信義は同棲時代、といってもつい数ヶ月前までのことであえて何々時代とつけるほど前のことではないのだけど、それにしても例えば縄文時代とか弥生時代とかってあれだけ長いスパンの歴史に名前をつけるのは難しいだろうに、だって縄文から弥生に移るボーダーライン上の時代っていうのがどれくらいの長さになるんだろうか？

二つの時代に線を引くとしたらかなり太い線で隔てないとそんなピッチリ、例えば太さ1年くらいの線で二つの時代を隔てるのは無理だろう、そうなるとその線は10０年とか下手すると１０００年とかいう太さの線になるわけで途方もない。

信義と咲の同棲時代と新婚時代を隔てる線はそう考えると多分、1週間ほどの太さになる。それでも二人の関係から言えばぎりぎりの細さだと言える、もしこれが信義の意見通り同棲時代と同じ家に二人でそのまま住むことになっていたとすれば、その二つの時代を隔てる線の太さは1年くらいの太い線にしないといけなくなる。

つまり、２００２年から２００６年頭辺りまでが同棲時代で、２００７年頭ぐらいから新婚時代が始まり、間の丸々２００６年は二つの時代を分ける境界線という感じにきっとなっていただろう。それくらい、二つの時代の差は希薄だった。

引越しは二人の気分を変えた。

ある程度お金もためてあったし、東京に近い神奈川の家から、東京の真ん中辺りの家に引っ越すのは、二人の希望でもあったし、便利になった。

信義の通勤時間は短縮され、まあそのぶん眠る時間が増えたくらいのことなんだけどそれは信義にとっては非常に大きいことだった。

咲にしても打ち合わせにわざわざ遠くまで出向いてもらう心労も減ったし、こちらからどこかに出向くのも苦にならなくなった。咲はあまり家を出るのが好きではなかったから。

それでも新しい町に来て散歩をするようになった。

何がどこにあるのか、特に本屋さんと喫茶店は良いところを見つけたかった。食品は大手のスーパーが近くに二つもあったから特に問題は感じない。

ちょっとした外食に適した店も沢山あった。人も沢山住んでいてそれに辟易《へきえき》することもあったけど、二人はまあこの五反田《ごたんだ》という町を気に入った。

その日、咲はさっぱりしたものが食べたかった。

かなりの確率でさっぱりしたものが食べたくなるのだけど、さっぱりしたものをと考えてもなかなかこれといったものがない。

例えば、脂身の付いた肉は嫌だとか、オリーブオイルたっぷりのパスタは嫌だとか、油ギトギトの中華は嫌だとか、結局アブラを拒絶しているだけでじゃあアブラ抜きの肉だとかパスタだとか中華だったら良いのかと問われれば答えにつまる。

さっぱりしたものの代表を問われても酢の物くらいしか浮かばず、酢の物メインの食卓を思うとそれもどうかと思うし、結局さっぱりしたものとは何だろう？　寿司か？　寿司だろうけど、そうしょっちゅう寿司ばっか食べるわけにはいかないしな、と考える羽目になる。

それでオシンコとシャケと味噌汁とご飯とか、朝ご飯みたいなものが食卓に上り、信義が渋い顔をし、咲だってこんな朝ご飯みたいなものを夜に食べると蛇が来るよ、とおばあちゃんに言われたことはないけど、どうも、なんか文化的な何かに反抗しているみたいで気持が悪いのだった。

これは一人暮らしを始めた頃からの悩みで、じゃあ私は一体何を食べたら満足するのだろうと思う。

口が求めてくる感じは確かに分かる、しかし、じゃあ具体的に何？　となると困るのだ。咲にはそういうところがあった。咲に限ったことではないのかもしれないけど。咲は己の欲望の求めるところがいまいち具体的に分からないときがある、分からないときの方がほとんどだった。

なんかこんな感じのことがしたい、となるのだが、じゃあそれは具体的になんだ？と問い詰めていくと分からない。それで、それっぽいこと、なんというか世間的に楽しいと言われてること、自分が好きだと思ってること、例えば「温泉に行く」とか「本を買う」とか「一人で考える」とか、そういうことを試してみるのだけど、実際やってみてもしっくり来ない。

果たして私の人生でこういう心の痒《かゆ》いところにジャストで手が届いたことがあっただろうか？　睡眠の欲望くらいじゃないかな。そんなことを考える。

その点、信義は単純で良いなと、心密《ひそ》かに思っているのだった。

信義は欲望を満たすことというか、なんだろう、欲望の希求とその回答が単純明快なのだ。腹がめちゃくちゃ減ったらチャーハンとラーメンと餃子、そうでもないときはしょうが焼きみたいなものとご飯とか、欲望が単純なのだ。セックスに関してもそうで、クシャミかよ、というくらい単純だ、ムズムズしてクシュン、みたいな感じ。

咲はうどんにするかと考えた。

何より見た目がさっぱりしている。しかし、うどんだけの夕食というのもまた引っ掛かる。

とはいえ何かオカズ的な要素が欲しい。そう思うのだ。

オカズ的なうどんにするというのも手だ、例えばモツ煮うどんとかすき焼きうどんとか、でもそうなると当初の目的であった「さっぱり」から離れていき本末転倒だ。じゃあ味の濃い普通のうどんなんてどうだろうか、駄目だ、味が濃いっていうのはつまり不味《まず》いってことだもの。

この、その日の献立を考えるという労働は同棲時代から咲の担当であった。

咲の仕事はOLを辞めて以来、家に居ながら出来るものだったから、ご飯の用意をするのは咲という流れになっていたのだが、年収的には信義より咲の方が多かったから、力関係から言えば信義が献立を考えて料理もすべきであると思うのだけど、年収は関係ないのだろうか。まあ、それはどうでも良いとして、咲は一体何を食べればいいのだろうか？

こういうときに手帳が役に立つ。2年ほど前からぽちぽち手帳にさっぱりしたものが食べたくなったときに作るべきオカズを書き記してきたのだ。

寿司。湯豆腐とご飯。刺身とご飯。オムライス。トマトソースのパスタ。豚のトマト煮とご飯。魚の煮物とご飯。トマトの入ったカレーライス。トマトを多めに入れたハヤシライス的なもの。前にテレビで見た白身魚をトマトとソラマメで煮てレモンピールを散らしたものとご飯。

どれもパッとしないけど、よし、あれを作ってみるかということになった。白身魚をトマトとソラマメで煮てレモンピールを散らしたものをオカズにご飯。

そういうわけで勢い込んで着替えを済ませ買い物に行くのだ。

外は中途半端に晴れていて、いや、快晴だ。

快晴なのになんで中途半端に見えるのかな、と咲は考えた。

辺りを見回しながら歩く。この町に辺りを見回しながら歩いている人は居ない。辺りを見回してもそう遠くが見えるわけではないからだ。

視界はすぐに建物に遮られる。抜けの良い景色は横断歩道を渡るとき、国道が遠くまで続いているくらいだった。皆、楽しそうだったり、不満そうだったり、そこがまるで人間の住むべき場所であるかのように歩いている。

住むべき場所で良いのか、ここは、そうか、私たちはこういうところにこそ住むべきなのだ。咲は考える。この町は好きだ。人工物に囲まれた町。落ち着く。晴れていてもビルが遮って太陽の光は届かない。

咲の生まれたところでは視界を遮るようなものは木ぐらいであったから、木に登れば簡単に全てを見渡すことが出来た。都会でビルに登っても全てを見下ろすことしか出来ない。

そんなのって人間のあるべき姿じゃない。

などと言う人もあろうが、人間のあるべき姿ってどこまで遡《さかのぼ》ればいいのだろうか。動物に怯《おび》えて火を絶やさないように眠ったあの頃に戻れと言うのか。などと、熱めに考えてみたが、特にそういう熱い気持のようなものは持ち合わせていなかったので、すぐに、今晩のご飯に必要な食材のことを考え出した。

何しろ結構前にテレビでちょこっと紹介されただけの食べ物を記憶を頼りに再現してみようとしているのだ。手帳にレシピも書いておけば良かった。

あ、でも、そういえば、あのとき何かにレシピをメモらなかったっけ？

咲はあのテレビで見たレシピを何かにメモったような記憶がある。

なんだっけ？　それとも手帳に料理名を書いた記憶を勘違いしてるのかな？

でも、何か小さな紙きれ、きっとレシートか何かにメモったような絵が浮かぶんだけど、そのレシートをどこにやったか忘れてしまった。

忘れてしまったと思っては思い出せぬ。忘れてるはずがない、きっと覚えている。どこだ、どこにやった。咲はあらゆる可能性を探ると共に、もうだいぶ慣れてきたスーパーへの道を人にぶつかったり車に轢《ひ》かれたりしないようにしながら歩いていく。

それで、幾つかの可能性に絞られた。

大きい財布の中。

冷蔵庫の上のバスケットの中。

冷蔵庫にマグネットで貼り付けてある小さなビニールのポケットの中。

何かの服のポケット。

引っ越すときに棄《す》てた。多分、それだろう。しかし、あのテレビを見たのは引っ越す前だっけ、後だっけ。それすら思い出せない。だいぶ遠い記憶のように思えるけど、そう考えると最近のようにも思える。

信号待ち。

隣の人がシャカシャカうるさいと思って窺《うかが》ったらカサカサする生地の上下を着てジョギングの途中みたいで、信号待ちだというのにその場駆け足をしている。それなら家の前でずっとその場駆け足をしてれば良いのに。汗だくだ。

この人は移動を手段としない移動をするのだ。移動が目的というかこの人の移動は、エネルギーの消費が目的なのだとしたらなんと馬鹿なのだろう。

自分で吸収したエネルギーをワザワザ棄てるために時間をかけている。あ、でも筋肉をつけるためなのか。それだったら、筋肉もついてお金ももらえるバイトでもしたら良いのに。何か、そういうビジネスが出来ないだろうか？　時間とエネルギーが余っていて筋肉をつけたい人を安価に雇って筋肉がつくような単純な仕事に従事させる。

つまりそれは給与をお金で払うのではなく、筋肉で払うということなのか。あ、発電させたらどうだろう？　何か歯車みたいなものを作ってそこに筋肉をつけたい人を集め回させる、それでその回すエネルギーを電気に換えるのだ。そうすれば、こういった街中《まちなか》をバタバタ走り回る人たちが消費する無駄なエネルギーを有効に活用出来て、それで発電したエネルギーで私はくだらないDVDを借りたりして見るとはなしにつけっぱなしにしながら仕事をしたりしても、無駄なエネルギーが無駄に消費されるだけになって、結局誰か得するのかしら？

信号が変わって咲は買い物をする。食品は地下にある。

エスカレーターの下りは向こう側だった。

まだこのスーパーに慣れない。スーパーですらない、多分これは百貨店とかデパートと言われるような類《たぐい》の建物だ。１階にはお惣菜とか、なんかお菓子とか寿司のチェーン店が入っていたり、シュウマイのチェーン店が入っていたり、あ、パン屋だ、あんなところにあったのか。

咲はまだ2階以上に行ったことがなかった。正確には2階にまでは行ったことがあったのだけどそれは4階に山手線《やまのて》と池上線《いけがみ》の改札口があるからであって、その百貨店の売り場に足を踏み入れたことはないのだった。

とりあえず全部見てみるかな。と思った。

だから昇りのエスカレーターの方へ戻った。

ビルの中は涼しかった。もう冷房が利いている。咲はどちらかと言えば寒がりだった。肉があまりないので夏には強いが冬に弱い、最近ではどこでも夏は冷房が利いていて寒い。そんな中でスーツみたいなものを着込んで汗だくでハンカチで体中を拭《ぬぐ》っているような人を見ると馬鹿だと思う。Tシャツになればいいのに。

しかし、かく言う咲も数年前までは同じようにスーツを着込んで毎日汗だくになりながら夏の会社へ向かっていたのだった。信義は今日もスーツを着ていった。夏用に薄い生地のスーツを新調したのだけど、全く意味が分からない。そんなことならスーツの模様の刺青《いれずみ》をしろ、と思っていた。

今年の夏は暑そうだ。4月の終わりでこの気温だ。ジーンズにTシャツ、薄手のカーディガンを羽織ってきたけど、いらなかったかもしれない。

髪は伸ばしたままだった。結婚式をしたからだ。

咲と信義の結婚式は風変わりだった。

咲は細い切れ長の目で奥二重気味の二重で、顔全体の造りも淡白で少し泣きそうな眉毛も細く、きっと結い上げた日本髪が似合うと信義は主張するのだったが、咲はそういう仮装じみたことはしたくないと言った。いつもの格好で良いと言う。

それで信義は咲のお母さんに相談し、彼女を抱き込んで咲の説得にあたったのだけど、咲の信念は固かった。だから二人はいつもの格好で、両親もそれに合わせるかと思いきや、信義の方のも咲の方のも完璧《かんぺき》な和装で現れ、参列した友達もみな、微妙にエレガントな服装にしてきたものだから、咲と信義だけ普通の格好（信義はいつものスーツにネクタイだけ少し派手なものをした、咲などはいつもよく着ているスカートにシャツだった）で、なんか参列した人たちも当の本人たちも微妙に気を遣いながら借りきった変なダイニングバーでただの飲み会のようであった。

咲の髪の毛だけは友人の美容師によって結い上げられており、友人の美容師の工夫でカジュアルな服装に合うように努力されてはいたが、普通の格好にその髪は意味分からないよね、と多くの参列者が思ったけど口には出さなかった。

あれが結婚式かと思い返すと、咲は自分の頑固さやよく分からないこだわりにさすがに少し後悔するのである。

信義はもうそのことは忘れたみたいだ。というより、最初から何も違和感も変な空気も感じてなかったのかもしれない。そういう信義ののんきさというか無神経さに、ムカつきながらも、感謝するようなところが咲にはあった。

デパートの2階はヤングレディスの売り場だった。意味は分からないが、若い女性のフロアということだろう。閑散としている。

咲にはデパートっていうのは物凄《ものすご》く豪奢《ごうしゃ》なところだというイメージがあった。見たこともないような海外のものが高値で売っている場所。しかし、ここはかなり庶民のところに近いデパートで日本語ペラペラの気さくな外タレという感じがあり、ありがたみがなかった。

色々な種類のオバサンがウロウロしている。ヤングレディは一人もいない。売り場の棚から出たり隠れたりしながら商品を選んでいる。

こういうオバサンたちに強いシンパシーと愛を感じる。母に対する気持に近い、また未来の自分を見ているようでもあった。この人たちが心から笑えるような世界にしたい。などと思った。しかし、実際そんなオバサンたちが大笑いしているような世界は気持の悪いものにも思えた。

3階はミセスで、最近ミセスになった咲はこのフロアの主要な客ということになる。

ここはちょっとした喫茶店なども併設されていた。買いたいと思うものはない。

4階で下着を見て、5階はメンズ、6階は生活雑貨だったが、やはりどの階も閑散としている。

もう地下に行って食材を買おうかと思ったが、ここまで来たらとりあえず全部見ようと7階に上がり、さっと一周し、本屋を見てまあ普通の真面目な特徴のない本屋で、8階のレストラン街はまた今度見ることにして下りのエスカレーターに乗った。

エスカレーターは下りと昇りがX字にすれ違っている。

交差する昇りのエスカレーターを見下ろすとコートの男がエスカレーターに乗るところだった。一瞬あれ？　と思ったのはこの時期にコートだったからだった。それはベージュのトレンチコートだった。

咲は下り、男は昇る。近づいてくると男は濡れているように見える。

男の腹が膨れている、コートの中に何かを抱えている、それを上から手で支えている。

男とすれ違う。濡れているだけで普通の男だ。白髪混じりの頭髪も濡れて頭に貼り付いていた。じっと見てしまったら、男が咲を見た。

男の目も少し濡れて見えた。

40代くらいだろうか。表情からは何も読み取れない。コートまでびっしょり濡れている。

腹の膨らみを見ると、コートの合わせ目から白いプラスチックのようなものが見える、丸い、なんだろう？　あれ、あ、炊飯ジャー？

それは炊飯ジャーに見えた。が、それが見えたのは一瞬ですぐに見えなくなり、そのことについてしっかり頭を働かせることをする前に、咲は別のことを考え始めた。

なんだろう？

トイレで水でも被《かぶ》ったのだろうか？

それとも外で雨にでも降られたのかな？　雨が降るような天気ではなかったけど。

男と咲はそのまますれ違った。

男がエスカレーターを乗り継いで8階に向かったか、7階にとどまったか、6階にいる咲には分からなかった。

あの濡れた人はどこへ行くのかしら？

咲は6階生活雑貨売り場を横切って反対側にある昇りのエスカレーターに乗った。

濡れた男を追うのだ。エスカレーターの手すりに水滴がついている。

7階にはいなかった。

8階には飲食店が多数あり、喫茶店やラーメン屋、寿司屋、ファミレス、よく分からない居酒屋、うどん屋みたいな店などが見えた。

なんて言うんだろう、変な音楽が流れている。よくよく聴くとだいぶ昔に流行《はや》った歌を電子ピアノで演奏したもののようだった。その歌は確か「私を祝福してくれる?」という意味の英語の歌詞を歌ったものだったと思う。

エスカレーターはここで終わっており、そりゃそうだ、屋上までエスカレーターで行けるようなお洒落《しゃれ》な建物じゃない。8階をウロウロ歩いたがここにもいなそうだ。

この百貨店には屋上があった。

1階の案内図に屋上と書かれてあったのだ。ペットコーナーと書かれた文字の上に背景と同じ色のシールが貼られペットコーナーがつぶれたことを示していたが、心ない誰かの手によってその修正シールは無理やり剝《は》がされており「ペットコー」まで丸出しになっていたから、咲は屋上にペットコーナーが昔あったことを察した。

咲は屋上に向かうことにする。

エスカレーターとエレベーターの側《そば》に階段を見つけた。1階から続く階段だ。

8階の階段の踊り場は他の階よりも広くなっているようでそこに「占いコーナー」と看板があった。コの字形の仕切りが置いてあり、コの字の入り口の部分は暖簾《のれん》で仕切られている。中に人がいるようだ。

近づいて見ると仕切りに直接店の広告が書かれており「占いの館　手相、星座、顔相、占い出来ます」とあった。占いの館なんだから「占い出来ます」は特筆するべきことじゃないんじゃないかと思う。

咲は店の主に気付かれないように、何か別のものを探しています、という風を装ってさらに店に近づいた。

仕切りにはポスターが貼ってあり、人間離れして幸福そうなツルッパゲの男の絵が描かれてあった。

その顔面には色々な線や点が打たれ難しい漢字でなにやら色々書かれている、その男の背景は、あろうことか群生する見事な赤いハイビスカスの絵であった、丁寧に鳥も飛び交っている、どこそこ？　そして誰これ？

咲はハイビスカスの咲き乱れる南国のようなところにツルッパゲの幸福そうな男が

たたずんでいるところを想像し、彼の行く末を案じた。

店の主が咲の存在に気付いたのか立ち上がり、入り口の暖簾を右手でひょいと退《の》けた。

占い師の老婆は咲に警戒心を抱かせないように、咲を直視せずエスカレーターの方が気になるような素振りで、咲を観察した。

咲も老婆を見る、化粧っけが強く、濃いブルーのアイシャドーを入れ、タンポポの綿毛のようにホワホワした白い頭でストレッチ素材のジーンズに黒いジャンパーを着ている。そのまま店から出てきてエスカレーターの降り口を見ている。

ジャンパーの背中には白い字で「・FreshLife・」と印刷されていた。背筋《せすじ》はシャンとしている。老婆に見えるが、もしかするとそんなに年を取っているわけじゃないのかもしれない。

老婆は振り返りざま咲を見た。

「どうぞ」と言う。

え？　と思った。

「どうぞ」はこちらから何か提案したときに使うような「どうぞ」だったから老婆は

咲が占って欲しくてここに来ているのだと勘違いしたらしい。

咲は曖昧《あいまい》な笑みを浮かべて、階段の方をなんとなく指差し、屋上に行くのでごめんなさい、というようなニュアンスをかもし出そうとしたが多分伝わっていないだろう。

「探し物？」と老婆は言った。

それは、占いで探す類の「探し物」にもとれたし、このデパートの中で何か探している商品があるの？という言葉にもとれたが、面倒なので「いえ」と言って階段の方に向かって歩いた。

階段の途中で占いの館を振り返ると老婆がこちらを見上げていた。すぐに視線を外した。そして屋上に歩を進めた。

階段を上りきると、エレベーターホールがすぐにあり、エレベーターの出口の前にガラスの扉があった。

「入口」「出口」と赤い字で書かれた紙がラミネート加工されてガラス扉に貼り付けてあった。

セロテープで四隅を貼ってある、テープは日に焼けて黄色くなっていた。その感じはこの場所がこのデパートの中でもあまり大事にされていない場所であることを物語っているようであった。

ガラス扉から見える屋上は人っ子一人居ない。なにやら取ってつけたような小屋が一軒建っていた。

小屋といってもなんだろう？　コンクリートで作った箱のようなもので、そこの出入り口はガラスの扉で、何か張り紙の類を貼った跡が沢山残っていた。

クリーム色で統一されたエレベーターホールから、鉛色のコンクリで出来た屋上を見渡した。

雨ざらしの屋上は店内の雰囲気と大分違って見えた。

屋上の床のコンクリに濡れて色の変わった部分がある。大きなナメクジが這った跡のように見える。

咲は「入口」と書かれた方のガラス扉から屋上に出た。

晴れていた。午後の日差しは西の方から柔らかく照っている。少し暑いが気持良い。

屋上は、百貨店の1フロア分の売り場面積の半分くらいあるだろうか？　もう半分はさらに高くなっていてそこには水を溜めるタンクやその他良く分からない機械が詰まった部屋があり、お客は立ち入れないようになっている。デパートの職員もよっぽどの専門職の人でないと立ち入ったことはないだろう。

見上げるとその上に巨大な立方体のオブジェがありそこに手を繋《つな》ぎ歩く2体の赤い人間をモチーフにしたマークが描かれている。このデパートのシンボルマークであるそれはこの近さで見ると巨大すぎて、全体を見てその形を理解するのが難しく何か巨大な血痕のようにも見えた。

遊具の類は何も置かれていない。緑色の高いフェンスが囲っている、フェンスの上の方はこちら側に反り返っており容易に乗り越えられないようになっていた。

こちらから見て左の端の方に青いベンチらしきものがある、雨ざらしのためか、日の光のためか白っちゃけて見える。ベンチは外に向かって置かれていた。

咲はとりあえず両手を広げてゆっくりクルクル回ってみた。

しかしこの行動は咲本来の欲望の希求ではなく、26年の社会生活から学んだ「気持の良い広い場所に出たとき取る行動の中で割と好感度の高い行動」のひとつを実践したに過ぎなかった。

咲は心からひとつも両手を広げてゆっくりクルクル回りたくなどなかったのだ！

咲は強い羞恥《しゅうち》に襲われクルクル回るのを止《や》めにした。しかし、すぐにピタッと止めると内心を悟られそうで、実際には見ている者など一人もいないのだから全くそれは杞《き》憂《ゆう》なのだけど、とにかくピタッと急に止めるのも恥ずかしくなんとなく私はクルクル回っていたわけじゃなくただ辺りを見回していただけですよと自分自身に言い訳するように、クルクル回るスピードを徐々に落としていって止まるのだった。咲は恥ずかしさのあまりすぐに違うことを考え始めた。

濡れた跡は屋上に建った一軒の建物の方へ向かっている。

あそこは元ペット屋かな？

濡れた男は居そうにない。

咲は元ペット屋の建物に近づいていく。

建物はエレベーターホールから真っ直ぐ歩いたところにあり、屋上は歪《いびつ》な長方形をしていたが、建物はエレベーターホールから短い方の辺を横断した場所に建っていた。近づいていくとペットショップ時代の面影がまだありありと残っていた。

建物の脇にあった咲がゴミだと思ったものは確かにゴミではあったが昔水槽として使われていたもので、自然に出来たひょうたん池の形を模した石っぽいプラスチックのタライであった。

これがあるお家《うち》はお金持ちだ。

大きさはワンルームマンションの浴槽くらい（咲は自分の家の浴槽の大きさと比べそうになったがすんでのところでそれを止めた）のもので、これがあるお家はお金持ちだが、大したお金持ちではないとも思われた。

多分、鯉は飼えないくらいの大きさである。大きめの金魚が精々《せいぜい》だ。雨水が溜まっている。

水が溢《あふ》れるのを防ぐためか縁よりも10センチくらい低いところに2箇所穴が開いており増えた水はそこから排水されるようになっていた。その穴の数センチ下のところまで雨水が溜まっている。昨日の雨で一度満水になり、そこから少し蒸発したに違いなかった。

水槽の周りは濡れて変色していた。水が漏れているのか、それともあの濡れた男が来たのか。

咲は水面を見つめてみた。空が黒い水に映っている。そこに自分の顔が見える。長い髪が肩をスべって垂れてきたので起き上がり髪を背中に流した。

咲は物心付いてからつい最近まで短い髪で過ごしてきたから、髪を伸ばし始めてからだいぶ経《た》つとはいえまだ慣れていなかった。

慣れてしまうのが悪い気もした。ショートカットを愛してやまなかった自分に、それからショートカット自体に、なにか裏切りのような後ろめたさがあり、自分の長い髪に対してどこかよそよそしい態度を取ってしまうのだ。内心、長い髪の自分を気に入ってはいたがそれを素直に認めることが難しかった。

黒い水に小さい波紋。歪《ゆが》んだひょうたんの小さい方のふくらみのちょうど真ん中辺りに丸い波紋が出来ている。その中心を見ようとしたら、風が吹いて水面を撫《な》でるように波紋が立った。それは小さい小さい波で、水面をすべって風が咲にあたるのと同時に池の岸に当たって消えた。

それを合図にその場を去ってペット屋だった建物の中を覗こうと、目線を外し体をねじる動作に入ったとき、咲の視界の端っこで何か動くものがあった、咲の視界の大半は鉛色のコンクリートで右の端の方に黒い水を湛《たた》えた池が入っていた。

何か動いたのはその水面であった。咲は視線を人工の黒い池に戻す。風で起きた小さな波紋でまだ少し揺れた水面の1箇所で小さく丸い波紋を中心に三重の丸い波紋がどんどん膨らんでいってやがて消えた。

波紋の中心に目を凝らすと黒い水の中でさらに黒い何かが動いたように見えた。ジーっと見つめてどうにかぎりぎり透過性のある水の中に焦点を合わせようと目を操作する。

黒い水は、水の中に煙のような黒い濁りを幾重にも重ねて黒くなっているようだ、その水中の煙に流れがあるように見える。いや、確かに流れがある。それはつまり水面を風が撫でたりするのとは違う、水中になにがしかの力が働いていることを示していた。

中に何か居る。

咲は出所の知れない恐怖に駆られ、そして同時に強い興奮を覚えた。

何か居る。

この黒い水の中に得体の知れない生き物が潜んでいる。そう考えるとその正体を確かめたくてたまらなくなった。たまらなくなったが、この黒い水に手を突っ込んで探るほど社会からはみ出すことは出来なかった、それで水面から中を窺うにとどめるのだった。

咲はしゃがみ込んで水面を覗き込み始めた。自分の顔が映っている。目から上の部分しか見えない。一応メガネが落ちやしないか確かめるように、メガネを正規の位置にずり上げた。

先ほどのように水面と平行になるほど覗き込まずに、そうすると日の光の加減でまぶしくてどうしようもないからだ、斜めから水面を見つめた。水面を見つめながらも焦点は出来るだけ水中に合わせるように目を集中するのだが、気を抜くといつの間にか焦点は水面に映った自分の影に合ってしまう。自分の顔に見とれてしまう。見とれるといっても、私って綺麗だなあ、というのではなく、ただ自分の顔を見てしまうのだ。

人は、鏡があると見てしまうのではないか？　それは別に自分の美しさを確認するためではなく、なぜか見てしまう。鏡があるとそこに映った自分を見てしまう。これが私であるという確認のため？　それともこれが私か！　という驚きのため？　わからない。とにかく見てしまうのだ。咲もその例に漏れず、理由もなくただ自分の顔が水面に映っているというだけでそちらの方を優先して焦点を合わせてしまう。咲が見たいのは水の表面の変化でなく、中なのに。

何度か水面に焦点を合わせてしまっては、また水中に戻し、また水面に焦点が合ってしまって、ということを繰り返しているうちに、この作業に飽きてしまった。そうなってくると、これを止めるための理由を探し始める。

この中には何も居ないんじゃないか？　私の見間違いなんじゃないか？　きっとそうだ。

そう思うようになるのだ、そう思えば、この退屈な作業から解放されるから。

咲はこの中には何も居ないと結論付け、その場を離れた。

これは無意識であるが、咲はそこから視線を外すとき瞳を一瞬閉じた、というのも、この場を離れようと決心しその場を離れた途端さっきみたいに視界の端に何か動くものを認めてしまったら、自分の決断を後悔することになるからだった。

後悔から自分を守るために咲はそこから目を離す瞬間、無意識的に目を閉じたのだった。

そして、その無意識の判断は成功とも言えたし、失敗とも言えた。

咲が瞳を閉じてその場から目を離したその瞬間、黒い水の底を生き物の白い肌が横切ったのだった。咲はもう完全に意識的にその池を見ないように、建物の方を向いていた。池の中では黒い煙のような濁りが水底に生まれた流れに乗って漂っていた。

この池は地獄の池なのである。

咲が見逃したその生き物は地獄の池に住む魚であった。

ベンチに誰か座っている。女のようで咲は安心した。安心してみて、別に男だったからってどうなのよ、と少しだけ思う。

事務服のようなものを着た女はタバコを吸っているようだった。ベンチの横には東京タワーを途中で切断したような形の灰皿が置いてある。赤く塗ってあったからなおさらそう思った。そう思ってよく見ると、東京タワーを途中で切断したものにしか見えない。

それは切断された東京タワーであった。正確にはそういうデザインのスタンド灰皿（スタンド灰皿という種類の灰皿があればだけど）だった。

咲は女をチラチラ見たが、彼女はこちらを振り向かず町を見下ろしながらタバコを吸っている。

咲は元ペット屋の建物に近づき、窓に額を押し付けるようにして中の様子を窺う。細い金属フレームのメガネがガラスに当たる。

ペット屋はどうやらつぶれて間もないようでまだ店内には鳥カゴやケージの類が積んで置いてある。奥には苔《こけ》むした水槽も見える。店内は光が届かないのか薄暗く扉のガラスにしっかり顔を近づけていないとガラスは鏡のようになってしまう。

店は10畳ほどの大きさだ。その奥の一角に不自然に水槽が積み上げられたところがある。天井に届くほど高く積まれている。そしてその大小様々な四角いガラスの水槽は巧みに部屋の隅の一角を隠すように積まれている。

何かを隠してるのかしら？

咲は気になった。

水槽のガラスは透明なものであったが、苔むして曇っている、カビなのかもしれない、向こう側はほとんど見えなかった。何かがその水槽で出来た壁の向こうでうごめいているようにも見えたが、きっと気のせいだと確信出来る程度のものであった。それでも咲は暇にあかせてしばらく見ていたが、そこには何もないという確信を強める結果にしかならなかった。

つまんないの。

ガラス扉から顔を離すと、額のアブラと両手のひらの側面の手相の跡が白く残っていて、それをカーディガンの袖で軽く拭うと、かなり目が疲れていた。メガネを左手で外し右手の親指と人差し指で両目を目蓋《まぶた》の上から優しく撫でる。ジワッとした心地のよい痺《しび》れが眼球とその周りの神経にいきわたる。

薄《う》っすら涙が滲《にじ》み、目を開けると日の光が染みて少し痛かった。あの濡れた男はどこへ消えたのかしら。もしかしたら従業員だったのかもしれない。

気配に気付きそちらを振り向くと、女が立っていた。

女はベンチに座っていた女で事務服だと思っていた服はバスガイドのような服であった。少し見上げるような角度にクビを傾《かし》げて咲を覗き込んでいる。咲は驚いた素振りを見せた、女はそれに合わせて申し訳なさそうな顔をし、

「あの」と言った。

咲は怒られると思ったので、すぐに申し訳なさそうな顔を作った。

「じごくへ行かれる方ですか？」と、女は言った。

地獄と聞こえたけど、宗教の勧誘？　咲は一気に警戒した。そのこわばった心が顔に出た。

「じごく？」咲は訊き返す。

女はすぐにそれで自分の誤りに気付いたように笑顔を繕って「あ、すいません、ここからあれするもので、すいません」と言うと咲から離れようとする。

咲は「え？　え？」と女を引きとめ、女は面倒くさそうに、それでも丁寧に言った。

「ええ、ここから地獄に行くんですよ」

「地獄に」

「ええ、観光です」

「あ、へー」

「良かったら」と、小さなカバンから折り畳んだチラシを出しそれを広げながら「ちょっとぐちゃぐちゃなんですけど、うちのパンフレットです」と言った。

咲は正直いらなかったけど、断るのも面倒だったのでそれを受取りなんとなく目を通した素振りをして「どうも、あの、主人と相談してみます」と言って、まだ、信義のことを主人と呼ぶのは照れくさいな、と思いながら女に会釈すると、その場を離れ始めた。

女は軽く頭を下げ何も言わずにベンチの方に歩き出した。咲はそれをしばらく見ていたが、晩ご飯のオカズを買いにエレベーターで地下へ向かうことにした。


地下の食品売り場は賑《にぎ》わっていた。

ここが百貨店の中で一番活気がある。しかし、人々はみなどこか空《うつ》ろで。

いや私が空ろなのかもしれない。

空ろな目で見れば全てが空ろに映るのだろうか。

咲はそういうことを考えながら、一番実が詰まっていそうな鞘《さや》つきのソラマメを選び、トマトを缶詰で済ますか、それともちゃんと生のものを買うか悩んだ末、完熟の一番赤いトマトを選び、近くにあったセロリも一緒に煮たらよかろうとそれを一株買い物カゴに入れ、忘れないうちに一個124円の国産レモンを買い、今日はレモンの皮を主役に使うのだから、カリフォルニア産ではいけないわ、そして、イチゴを買おうか悩みつつ、とりあえずやめておいてお魚コーナーへ向かった。

ここの食品売り場にはもう何度も来ているので、店の中の地理には明るかった。

お魚コーナーは寒い。冷蔵庫からの冷気。それからお魚コーナー一帯にのみ変な歌が流れている。咲はその歌を知らず知らず口ずさみながら、魚を見ていった。

養殖の鯛。

マグロ赤身。

カツオ。

アジ。

見たこともない白身の魚。肌色の皮が付いている。

咲はそこで目を留めた。なんだこれ。

それは地獄の魚であった。産地に地獄とある。

今日は地獄に縁があるわね。

三枚に下ろされた身が二切れ入って８４２円であった。

養殖の鯛とあんまり変わらない値段だ。歯ごたえがなさそうである。

あえて似た魚を出すとすればハモに近い。湯引きされた皮が付いていて切り身の縁が湯に焼けている、皮が少し縮んでいるようだ、それは人の皮のような肌色だった、下の白い身が透けて黄色みがかった肌の色を白く見せている、鱗《うろこ》はないように見える。きめの細かな肌だ。切り身の形から察すると木の葉形をした魚のようで鯛とかメジナのような割とオーソドックスな形のようだった。

美味《おい》しいのかしら？　普通に鯛の方がいいのかな？

咲は魚に一度小麦粉をつけて油とバターで少し焼いてからトマトで煮るつもりだったから、皮の付いた魚の方が良いかなとも思っていた。パリッと焼いてもどうせトマトで煮たら皮は水分でふやけてしまうのだけど、そのふやけた皮が咲は好きだった。

鯛は計算出来た。確実にある程度の味にすることが出来る。しかし、この地獄の魚に関しては未知なのだった。

鯛を超えることが出来るか？　その可能性は低いように思われた。

しかし、今日のご飯は咲にとってどうでも良い一食に過ぎない、今日のご飯を捨石にすることになんらためらいはなかった。これが旅行の途中とか、友達との会食なんかであれば負けは許されないものであったが、今日のご飯はいつもの何でもないご飯のうちの一回だ。やがて完全に忘れ去られる類のものだろう。だったら、負けても思い出に残る試合がしたい。

咲はどうにかして自分を説得しようと試みたが、やっぱり美味しいものが食べたいのだった。言ってしまえば、その地獄の魚は見るからに不味そうだった。

うーん。咲は右手で顎《あご》を撫でながら左手で右腕の肘《ひじ》を支え考える。

「うーん」

考えてることが口から漏れた。そしたら商品の並びを整えていた店員のオバサンが咲の顔を見た。咲もとっさにそっちを見る。目が合った。こうなってしまっては無視し辛い。どうせだし、いいか。

「あ、この、これって、白身魚ですよね」と地獄の魚を指差した。

その魚が白身であるかどうかなんて訊くほどのことではないのはもちろん分かっていたが、とっさに良い質問が浮かばず、その場の空気の流れからいってここはすんなり何か質問した方が良さそうだったからとりあえずどうでも良いことを咲は質問したのに、オバサンは「白いから白身でしょうね」といった意味合いのことを多少の蔑《さげす》みを込めて咲に言うのだった。

咲はその応対に落胆しつつも、馬鹿と思われる、という焦りから取り繕うように言葉を重ねた「これはどういう味なんですか？　鯛みたいな感じ？」

「味なんかしないよ」とオバサンはそこで変な笑顔を見せた。それは、馬鹿なこと訊くなよ、という笑いではなくだからこそ変な、咲にはなんでこの人が笑ったのか分からない類の笑いだったから、咲はその戸惑いを一瞬顔に出してしまったのを消す意味もあって少し笑って目を逸らした。

「それはあれだね、」オバサンが続けるので咲はまたオバサンに視線を戻す。「最近、小学校給食とかあれですよ、あのー、お弁当なんかに結構使われてるね」

「へえー」咲はとりあえず大きめに反応した。

「美味しいよ、柔らかいし」

「え、でも味しないんですよね」

「うんまあ味はしないけど、凄く柔らかいよ」

「はあ」

「あんま、泳がないからね、地獄の魚は」

「へえ、それで柔らかいんだあ」咲はこのオバサンと話すのが早くも面倒になってきていた。

「柔らかいよー箸《はし》で切れますよ、家なんか、年寄り二人だから、こういう魚が良いの、骨もないし、年取ると魚の骨なんか小さくて見えないから、面倒んなっちゃって」と言って笑った。

咲はその笑いに乗っかって笑って、「じゃあこれにしてみます」と言って買い物カゴに地獄の魚を入れると、その場を去ろうとした。オバサンは咲に何か一言かけようと思ったみたいでその素振りを見せたので、咲はその一声を背中で聞くのもなんだなと思いとりあえずそれを聞いて軽く会釈してその場を去ろうと思ったが、オバサンはその一言を思いつかない様子で一瞬の間ののち「じゃ」とだけ小さく言って作業に戻ってしまった。

咲はなんだか寂しい気持になった。

信義が帰ってくると咲は狂ったように部屋中を歩き回っていた。

部屋にはトマトの煮える良い匂いがしている。

「ただいまー?」と、ただいまの最後に「どうしたの?」のニュアンスを込めつつ靴を脱ぎながら玄関の向こうの部屋で行ったり来たりしている咲を窺っていたら、咲は信義を見つけ「お釜しらない？」と言うのだった。

二人は白いご飯抜きで地獄の魚をトマトとソラマメとセロリで煮てレモンピールを散らしたものを食べた。オカズにする算段だったのでそれは味が濃かったが、地獄の魚は柔らかいだけで味も素っ気もなく、今晩の晩ご飯は失敗に終わったのである。

大木家の炊飯ジャーはこうしていつの間にかなくなった。

果たしてどこに行ってしまったのか？

まさか泥棒？

他に何もなくなったものはない。

咲は信義に今日デパートで見たことを話した。

そして、濡れた男が炊飯ジャーを持っていたことを思い出したのである。

「その人なんで濡れてたの？」と信義は訊いた。

「いや、だから、不思議だったから、急いで反対の昇りのエスカレーターに乗って、追っかけたの」

「うん。ごめんビールとって。それで?」

「だから、それで屋上まで行ったのよ」そう言って咲は信義のグラスに缶ビールを注《そそ》ぐ。信義が帰りにコンビニで買ってきたビールだ。毎日二人で一缶くらい飲んでいる。

「ありがとう」

「だからね、まあ、ありえないっていうか、でもなあ、あれ、うちのお釜だったような気がすんだよな」

「うん、ありえなくねえ?」

「じゃあ、でもどこに行ったの?」

「どっかに紛れてるだろ?」

「ジャーが? どこに?」

「うん? なんか、押入れとかに」

「探したわよ」

「ええ、じゃあどこ行ったんだよ」

「だから、分からないの」

「その濡れた人が持ってったっていうの?」信義はビールを飲んで、魚を箸でつまもうとする、魚の身は柔らかくてすぐに崩れてしまうから、信義は箸をスプーンに持ち替えた。

「いやでもあの人変だったんだよね、屋上で消えてたし」

「え？」

「あ、いや、屋上が濡れてたの」

「じゃあどっか屋上のなんか建物に入ったんじゃない？」

「うん」そう言って咲は自分のグラスに残りのビールを注ぎ、グラスを持ってそれを飲まずに、お金持ちがブランデーでするように弄《もてあそ》びながらなにやら考えている素振りをした。

「屋上にさ、誰か居なかった？」

「居たけど」

「訊けば良かったのに」

「訊くわけないじゃん」

「まあ、そうだけど」

「あの占いの人に訊いてみれば良かったな」

「ああ、でも珍しいね、うちの近所にもさと、ここから信義の家の近所のスーパーにも占いコーナーがあったという話が始まり、咲が若い頃に新宿の母みたいな人のところに占いをしてもらいに行ったこととか、家族で熱海に行ったときにホテルにも占い師が居てという話は、ついには温泉はどこが優れているかという話に移ろい、最終的にやっぱ湯布院とか草津とか有名なところは良いよね、ということに話が収まった。

お釜と濡れた男の話は忘れ去られたかのように思われた。

信義は、温泉の話をしていたらとっても温泉に行きたくなった。

近々連休がある。

DVDでも借りて見るか？　なんてことを二人は話していたわけだが、温泉に行くのはどうだろう？　と風呂に浸《つ》かりながら考えていると、咲が入ってきた。

新しい家の風呂は今までよりは広いとはいえ、二人で浸かるには体育座りをして、古墳に埋葬された太古の遺体のようにぴったりと二人納まるか、上下に重なって入るしかない。一応時間差をもうけて二人で風呂に入ることにしたのだけど、咲は湯が冷めるのが嫌だったのですぐに入ってきてしまった。信義はまだ頭を洗っていなかった。

咲はシャワーで体を濯《すす》ぐと信義を見た。信義は体を縮め脇にずれ、湯船を半分空けた。

「ありがと」咲は湯船の縁を跨《また》ぎ湯に浸かる。

体を沈めると湯がこぼれた、出来るだけこぼさないようにゆっくり入るがあまり意味はない。

二人は湯船で膝を抱えぴったり納まった。

「なんかオイルサーディンとかの缶詰みたいじゃない？」と言う咲に、「うん」とだけ応《こた》えて信義は「温泉行きたくない？」と訊いた。

「え？　いつ？」

「連休」

「どこの温泉？」

「仕事あんの？」

「あるけどまあ、なんとかなるかな」

「え、行こうよ」

「どこ？」

「草津とかは」

「意外と遠いよ。箱根は？」

「ああ、いいね、どこでもいいや温泉あってのんびり出来れば」

「でも、超混んでんじゃない？」

二人は混んでいるところがあまり好きじゃなかった。混んでいるところに行くと互いに機嫌が悪くなり、ギスギスしだす。だから、いつも混んでいそうなところは避けて、連休なんて大抵ＤＶＤでも見て家で過ごすか、行っても散歩くらいのものだった。

信義はおもむろに立ち上がり排水溝に向けてオシッコをした。

咲は手で何度も湯をかけてそれを流す。

「うーん、」信義は腰に手を当てたままうなっている、「ＤＶＤで温泉のやつでも見るか？」と言って湯船の縁《へり》に座った。

温泉を紹介するだけのＤＶＤがマイナーな出版社から出ていてそれがレンタルビデオ屋に置いてあったのをこないだ発見したのだ。

「地獄に行ってみる？」と咲は言ってみた。

った。


「地獄？」

「五反田とうきゅうの屋上から行けるみたいなんだけど」

咲はこれこれこういうことがあってね、と地獄旅行の話をした。信義は良く分からない顔をして、右手でお湯をすくって左肩にかけたりしながら言った。

「とうきゅうの屋上から地獄に行けるってこと？」

「だからそう言ったじゃない。その女の人に言われたんだから」

「うんでも、地獄って温泉あんの？」

「あるでしょ、地獄といえば温泉みたいなもんじゃないの」

「いや知らないけど、でも飯は不味そうだね」

「そうね。でも案外穴場って気はするけど。空《す》いてるんじゃない？」

「確かに空いてそうだね、でも、宿とか取れるかな」

咲は思い出した。

「なんかパンフレットもらったからあとで見てみようよ」

咲も信義もなんとなく興奮していた。

二人ともその夜はなかなか眠れないのだった、少し話しながらやっと眠りについた。

## 占い師

咲は信義が帰ってくる前に色々調べておく約束をしていた。

連休の過ごし方の選択肢に地獄旅行を加えることにしたのだ。

しかし地獄旅行のパンフレットは素人がパソコンで作った感じで、何か町内会のイベントのチラシを思い出す。電話番号すら書かれていなかった。下の方に一泊二食つき御一人様2万2200円〜とあった。

信義は「いいじゃんこれ」と言った。

パンフレットの中に温泉の文字があったからだ。咲は地獄には興味があったが、そのパンフレットの酷《ひど》いつくりを見て少し躊躇《ちゅうちょ》していた。だから、パンフレットに書かれた住所、それはデパートの屋上の住所なんだけど、に行ってとにかく色々訊いてみようということになった。

それで、今、咲はデパートの屋上にいるわけだけど、そこには誰も居ない。

屋上はだだっ広く、端の方にベンチがひとつあり、つぶれたペットショップの前にはプラスチックで出来た人工のひょうたん池が放置されている。

空は青く晴れ渡り、屋上の縁をなぞるように立っているフェンスを視界から追い出すと、全面が空になるのだった。誰もいない、何の音もしない。途方にくれてしまった。

インターネットで地獄旅行の情報を調べようと思っても、数件のブログがヒットするだけで、公式な感じのホームページは見つからない。旅行会社のページもないようだ。

ブログによると地獄ではネット環境が全く整備されてないようだ。

電話も高級なホテルにしかない。一番詳しく地獄旅行について書いていたのはカイ君というハンドルネームのおじさんで、おじさんとどうして分かったかというとその人がホームページ上で自分の写真を公開していたからだったわけだけどそんなことはどうでも良いっちゃ良い話で、とにかく地獄に関する情報はあんまり得られなかった。地獄に行ったことがある人自体そう多くなかろう。ひとまず本屋の旅行コーナーもチェックはしてみたが地獄関連の本はなかった。

咲はそれで逆に地獄に興味がわいたのだった。

なんとか事前に情報が知りたかったのでデパートの屋上に来てみたがさっきから人っ子一人居ない。

ここでフリーマーケットでもやればいいのに。咲はそう思った。それくらい無駄な空間なのだこの屋上という場所は。百貨店自体閑散としていてどうかと思うが、屋上ともなると誰も居ない。

しかし風が吹いて景色もまあまあ良いし、なかなか良い場所である。無駄だけど良い場所というのはなんとももったいないな、と咲は思って屋上のベンチに座っていると、なんだか不思議な感じだった。

不思議な感じを言葉にするのは難しい。

言葉にし辛いからこその不思議である、既存の言葉で上手《うま》く捉《とら》えられちゃうような感覚は不思議とは言えない。まあいい、だから、ちゃんと出来るだけ今の咲の気持を言葉で捉えてみようと試みる。

まず、主人公になったような気持だった。

誰もいない屋上のベンチに座る私って、と咲は自分の姿や置かれた状況を考えるわけだが、この状況はなんとなく主人公っぽかった。

普段の生活で「私、今主人公」と思える瞬間はそう来るものじゃない。なんというか色々余計なものものが主人公感を薄れさせるのだ。例えば恋愛の局面で何か主人公的な出来事、例えばなんだろう、こう、何か、相手を待たせているのに仕事が押してしまってクリスマスで賑わう渋谷の街を待ち合わせ場所に向かって駆けていくみたいな状況のときに人は、そういう状況に陥る可能性がどれほどあるのかは別にして、そういうときに人は主人公感、なにか主人公っぽい気分のときに出るエキスみたいなものが頭の中で分泌されたりして主人公感に浸るわけだけど、想像するより世間には主人公感を損なわすものが溢れていて、必死で恋人の元へ走る私っていう気持のときに、走り出してすぐに信号に引っかかってそれでも主人公感を維持していたのにキャッチの人が寄ってきて色気のない話を持ちかけてきたり、怖そうな黒人にぶつかってしまったと思ったら中学生くらいの男子だったり、走るには混みすぎていたり、駅前のスクランブル交差点を渡りきったくらいで体力が尽きたり、まあそういう色々があってなかなか主人公感を長く感じられる機会は少ない。

しかし今、咲の主人公感を邪魔するものはなかった。風はそよぐし、変な音は聞こえないし、たまたま伸ばしていた髪が風を受けて後ろにたなびくし。そういう主人公感がまずひとつ。

それからなんだろう？　異界に居るような感覚というとやっぱりちょっと違うんだけど、違うというか違ってはいないのだけど、大げさというか、なんかどうもしっくりこない。もっと、日常的な超常とでもいおうか、難しいな、咲はこの感覚をどう感じているかというと、昔愛知の田舎に住んでいた頃にお婆ちゃんに連れて行ってもらった神社にいるような感じを感じていた。

咲は東京に出てくる前は両親と名古屋の近くに住んでいたのだけど、その前、中学校を卒業するまでの間、知多《ちた》半島の先っぽの方の小さい町に住んでいた。

祖母も健在で共働きの両親に代わって咲の子守をしてくれていたのだ。

夏になるとその村は蟹《かに》だらけになる。お婆ちゃんは平家蟹と呼んでいた。甲羅に人の顔のような形のえくぼがあり、それは殺された平家の人たちの怨念が宿ったからだと言われていて、かなり気味が悪いのだが、実際は平家の人たちよりも前から蟹は生きていて平家の人たちがブイブイ言わせてた頃もすでに甲羅には人の顔のようなえくぼがあった。

そのことはまあ良いとして、その蟹っていうのがそれこそ村のいたるとこに居るのだ。咲の家の風呂場にも来る。道にはつぶれた蟹がおせんべいのように平たくなって模様のようになっている。そんな村中どこにでもいるような蟹をお婆ちゃんと咲は捕まえに行くのだった。別に食べるわけではない。

お婆ちゃんと二人でチリトリと箒《ほうき》を持って出かける。

山の上の神社は特に蟹の巣になっていた。細い川にかかった古い石の橋を渡り長い石段を上りきると境内《けいだい》には一面の蟹。咲とお婆ちゃんを見て、蟹の絨毯《じゅうたん》は横に逃げる。神社には狐が祭られている、そして右側には小さい屋代《やしろ》が幾つかあってその中には不発弾が置かれている。

戦時中ここいらに、東京か大阪に行った爆撃機が余った爆弾を落としていったのだった。その内の不発だったものを危ねえからっつって神社の境内に祭ったのだった、が、それの方がよっぽど危ないと今になって咲は思う。あの不発弾はまだあそこに祭られてるのだろうか。

そのとき行ったあの神社の感じを今、咲は感じている。

ちなみに蟹はチリトリと箒で捕まえられ、咲はそれをバケツにいっぱい持って帰る。道すがらバケツから蟹はどんどん脱走していき、家に帰り着く頃には半分以下に減っている。さらにそれを庭に出しておいてご飯を食べたあとなどに覗いてみると、底の方で何匹か死んでいるだけで生きている蟹はいない。

一体何のために私とお婆ちゃんは蟹を捕りに行っていたんだっけ？　箒とチリトリで蟹を集めるのは確かに楽しかったが、それは手段であって目的ではなかったはずだ。

咲は屋上のベンチで遠い記憶を呼び覚まし、その頃の心情を思い返そうとしていたがそれは上手くいかなかった。

ただ、不思議な感じをより強く抱き、鳥肌が立った。悪くない鳥肌だった。

その場に長く居るのは怖いように感じた。

誰かに見られるのが怖かった。別に悪いことをしているわけじゃないんだけど、何か気恥ずかしい。それだけか？　違う気もする。恥ずかしいというよりはやはり怖かった。

咲はこの屋上が怖かったのだ。理由は良くわからないけど。

それで下に下りることにした。どうせ何もないし。下りる気になると一刻も早く下りたかった。エレベーターを使わずに階段で8階に下りる。

8階のエレベーターの前に、ファミレスから出てきたのだろう若者の群を見て咲はなんだか安心した。

8階はレストラン街になっている。古くからありそうな寂れた飲食店が何軒かと、それらと対照的に繁盛しているファミリーレストランとが入っている。

咲は階段の終わりのところに立って軽く途方にくれていた。これからどうしよう。若者の群はエレベーターに乗り込んで降りていく。その階数表示の赤く光る数字を5まで見ていたけど、こんなのどうしようもないと目を逸らした。

時計を見ると17時を少し過ぎたところだった。

4階まで階段で下りるとJRの駅の改札と繋がっている。改札の前で信義に電話してみたら、今もう山手線に乗っているということだった。早いじゃん、とか言って、うんなんか今日入るはずだった仕事が明日にずれ込んだとかいう話をして、電話を切ってどうしようか悩んでいると信義からメールが来た。

今もう恵比寿。待ってて。

了解。と返信し、待つことにする。

信義の仕事は大抵18時までなのだが、信義は早く帰ってくることが多かった。

自分の仕事を終えると自分の判断で勝手に帰ってきちゃうのだけど、なぜか信義の場合そういうことをしても誰かから怒られるということはなかった。

一部の同僚や上司からは嫌われていたが当の本人は気付いていない振りをしていたし、それで出世出来なくても、今の咲の稼ぎがいいから大丈夫だろうと思っていた。信義には男が妻の稼ぎで暮らしていくなんてみっともないというような考えは微塵《みじん》もないのだった。ラッキーくらいに思っている。

咲は壁に寄りかかって地獄旅行のパンフを見ている。

改札を出てすぐのところにラックが置いてあってそこに色々、旅行関係のパンフレットが並べてあった。その一番右下のところに地獄旅行のパンフがあった。

咲がこないだもらったパンフと同じようなつくりだったが少し内容が違う。それを手にとって見ている。代理店の場所が載っていて、このデパートの8階とある。

咲が前にもらったパンフレットに載っていた住所では「屋上」となっていたから、もしかしたらそっちは少し旧《ふる》いものだったのかもしれない。移転したのかな。

咲は階段の方に歩いていってデパートの案内図を見た。

大きく「8階レストランコーナー」とある。四角い囲みの中に飲食店の名前が書かれ、旅行代理店らしきものはない、飲食店の名前に混じって一番下のところに「占いコーナー」とあった。

咲はもう一度パンフレットを見る。間違いなく代理店の住所はこのデパートの8階になっている。

「うーん」と小さくうなって顎などさすってみていたらスカートのポケットに入れた携帯電話が振動した。信義からだった。

百貨店の4階の山手線の改札の前で二人は会った。

「ねえねえ、地獄旅行の代理店がね、ここの8階になってるの」咲は信義に新しく入手したパンフレットを見せる。

「え？　あ、ホントだ。行ってみようよ」

「うんでもさ、ここの8階ってさ、ただのレストラン街なんだよね」

「そこのどっかにあるんじゃない？」信義はスーツのジャケットを脱いでカバンの持ち手に引っ掛けようとする。

「しわになるから止めて」

「ああ、うん」そう言って右手の指をフック代わりに肩にかける。

「まあ、行ってみようぜ、なくてもどっかでビール飲もうよ」

「うん」

二人はエレベーターに乗り込んだ。

8階を押すと、エレベーターの窓から二人は外を見る。

大きな通りと駅前の通りとを跨ぐ歩道橋が見える。

歩道橋は枝状になっていて何箇所か階段がある、その一端はこのデパートの2階に繋がっている。

ゆっくり昇るエレベーターからは歩道橋の上の人たちが良く見えた。

あの人逆効果だよな、と咲は思った。

歩道橋の上で何かを配る人が見える、多分美容室の割引券を配る美容師だ。

エレベーターの中から見てもその服装が極度にダサい。ペイズリー柄のダブダブなシャツは最早どこに売っているのか分からない。

「あれ、逆効果だよね」咲は隣でやはり外を眺めている信義に言った。

「なにが？」信義はなんのことやら分からなかった。

昔よりこういう頻度は高くなっている気がする。

昔はこういうとき、大抵同じものを見ていた。

咲の気のせいかもしれなかった。いや多分気のせいなんだろうけど。主語はほとんど省略しても二人の会話は成立していた。かなり思い切った省略でも通じた。咲自身これは通じないだろうな、と思いながら言ったことでも信義は訊き返しもせずに応えることが出来たりした。

同じものを見ていたし、同じことを考えていた。そんなことを咲は思う。

知っている。二人で居る時間が短くなったのだ。

昔は情報が共有されていた。しかし、最近はお互いのことを知らない。

最初はそのズレが新鮮だったし、二人で別の情報を持っているのは二人にとって情報を交換しあう楽しみが出来ることで、歓迎すべきことだったが。今のままじゃまるきり他人になってしまうんじゃないか。咲はそんな、少し乙女じみた不安を感じては、自分でそれを打ち消すのだった。


8階に着いた。

「へーなんか懐かしいな」信義はそんなことを言う。

「ほら」咲は信義に占いコーナーを指し示す。少し広めの踊り場の端に占いコーナーはある。

「ああ、あれ？」

「うん」

「なかなか凄いね」信義は占いコーナーをじろじろ見る。占いコーナーについて信義は咲から聞いて知っていた。

占いの老婆がブースから顔を出して咲と信義を見ている。咲と目が合った。

「どうぞ」老婆と咲たちとは結構な距離があったにもかかわらず、老婆は目の前の人に話すくらいの声で咲に声をかけた。

さすがに二度は無視し辛いな。そう思った。

今後、ここに遊びに来ることがあるとして、またこの占いコーナーの前を横切るときに無駄な気を遣わなければいけない。咲にはそれが面倒だったし、まあ、占いも嫌いじゃないというのもあった。何より、占いコーナーのブースの上に「15分1000円」とあったから、いいや、という気になった。1000円の値段よりも、最悪15分我慢すればいいのか、という方が気安かった。

咲が信義を見ると、信義は「行ってみる？」と言う、そう言われると咲は逆に冷静になってきて「行ってどうするのよ」などと言う、「お前、占いとか好きじゃなかったっけ」と信義は言い訳するように言った。

「まあ、嫌いじゃないけど」

「ああいうのって何してくれるの？」

「さあ、なんか色々教えてくれるんじゃないの？」

「すげえなあ」と信義は言ってみて、最近自分の発言に「すげえ」が多いなあと思った。

大抵のことを「すげえ」で片付けてしまっている。細やかさに欠けるといえば欠けるのだけど、咲との会話のときは特にそれで大抵上手く伝わっているような気がする。

咲以外の人と話すときに「すげえ」を使う場合は、「すげえ」のあとにどう「すげえ」か、この場合の「すげえ」はどういう「すげえ」か等を説明することになる。そういう経験から信義は最近「すげえ」を使いすぎていることを思うのだった。

「どうする？」咲が訊く。信義はそれが「行くんなら早く行こう」という意味であることを察する。

しかし、最初に行きたそうな、行っても良さそうな雰囲気をかもしたのは咲の方で、もし、この占い行きが失敗に終わった場合は咲の責任であるという感じになっていたので、信義は余裕を持って「行ってみる？」と発言したわけだけど、いつの間にかそのあれは逆転していて、今これで占いに行って失敗したら信義の所為《せい》になるような雰囲気になっていたことに気付いてはいたが、そういうことを咲に言ってみても上手く伝わらないかもしれないし、小さい男と馬鹿にされて結局損するのは信義に決まっているので、そのことには言及せずに「行ってみようか」と言った。

「まあ１０００円だしね」

咲は老婆に笑顔を向けて近づく。

「一人１０００円かもしれないよ」信義は咲の後ろから続く。

老婆は咲の笑顔を無視して自分だけさっさとブースの中に入っていってしまった。

「ああ」と声が出て咲は苦笑しながら信義を見た。信義も少し笑う。

咲はブースの暖簾を持ち上げた。信義を先に通して自分は後から入っていった。

ブースの中は薄暗かった。

老婆が咲たちにお尻を向けている。何をしているのかと思えば机を傾けて向こう側へ行こうとしているのだった。

机の幅はブースの横幅よりも少し短いくらいで机の横をすり抜けて向こう側へ行くには机を少し傾けて隙間を大きくしてやらないといけない。

きっと、ブースを作ってしまってから机を搬入したに違いなかった。老婆は占い師としての威厳を守るためこの姿を客に見せたくなかったから、咲たちがこちらに向かってくると分かるや否やブースに戻ったのだったがその努力は徒労に終わった。

咲たちは、机を傾けてやる手伝いをした。それにしても3人が入るには随分窮屈なブースだった。咲が机を傾け壁と机の間に隙間を作り、老婆がその隙間を通ろうとするのだが、老婆は老婆なだけに柔軟な動きが出来ない、壁に体重をあずけてズルズル行こうとする。信義はブースごとぶっ倒れるんじゃないかと気が気でなく、老婆の動きを見ながらもしブースが倒れてきたら自分はどう動くべきか考えながら両手を胸の辺りくらいまで挙げて、半ば爪先立《つまさき》ちになって、いつでも行けるように準備していた。

かくして老婆は机の向こう側へいたることが出来た。

そこには緑のビニールが張られた黒いスチール製の丸イスが置いてある、イスの座面のビニールはところどころ破けて中の肌色のスポンジが露出している。小さい穴が幾つか開いている。小さい穴の周りは黒く焦げていて多分タバコを落としたのか、わざとタバコを押し付けたかしたようであった。

老婆はそのイスに腰掛けた。右脇にある電気のスイッチをオンにした。するとブース内に這わせた幾つかの豆電球が一斉に点灯したのだが、これに一体何の意味があるのか咲たちには分からなかったし、実際のところ老婆にも良く分からなかった。

そういう雰囲気が作りたかったのだが、老婆が求めた神秘的な雰囲気は逆にその豆電球によって損なわれるような感じもするのだったが、一度設置してしまった手前それを引き剝がし元に戻すのは嫌だった。

豆電球は20個ほどあり、そのうちの大半は普通の透明なものであり、非常にまぶしかった、幾つかは赤や青のゼラチンフィルターが貼っ付けてあり、少し明度を抑えたものだったがそれでもチラチラして不快であった。老婆の衰えた目には多少神秘的に映ったものだったが、咲や信義の目には不快なだけである。

老婆が咲たちにイスを勧める。老婆のイスに机を挟んで向かい合う形でやはり緑のビニールが張られたイスが置かれている。一脚しかない。こっちの張り革は傷みが少なく、縁の方に一箇所親指ほどの穴が開いているだけであった。

咲は信義を見る。信義は立っている気だ。

咲はイスに座る。一応尻を半分だけ乗せて、半分残った座面に信義を迎える準備をしてみたが「大丈夫」と信義は言うので普通に座った。

老婆は机に両肘をついて咲の顔を覗き込む。ついで信義の顔を見上げる。信義に向かって、顔を寄せろと手招きする。

信義はかがんで老婆に少しだけ近づく。老婆は信義の方はチラッと見ただけで咲に「メガネ取ってちょうだい」とメガネを取るジェスチャーをする。

咲は一瞬なんで？　と訊こうかと思ったが、顔相を見るためだろうと察したので訊かず、ただ一度老婆の目を見返すだけで、細いスチールフレームのメガネを外した。

咲の瞳に豆電球の明かりが映っている。老婆はそれをしばらく見ていた。咲は小花柄のキャミソールの上に白いシャツを羽織っていた、珍しくスカートを穿《は》いて出てきた。

左手を膝頭に置いて、メガネを持った右手も膝頭の上に置いて、それで自分が今日スカートだったことを思い出した。それはどうでも良いことだったけど、そんなことを考えるしかすることがないくらいボーっとした時間が流れる。

老婆に顔面を観察されている咲を信義は見下ろしていた。信義は咲のつむじをまじまじと見た。白いな、と思った。

老婆は咲の顔をぼんやり見つめている。老婆の眼球が時折動く感じをなんとなく咲は見ていたが、極度の近視のためぼんやりしか分からない。

「うん」老婆が言った。

「うん、うん」立て続けに言う。

普段の声よりも少し高い音で「うん、うん、うん」と繰り返す。電話か何かしていて向こうの言うことにいちいち肯《うなず》く人みたいな「うん」だった。

老婆はしばらく「うん、うん」言っていたがやがて「はい」と言った、それは咲に向けられたものらしかった。老婆は咲の顔を覗き込むのを止め「メガネかけていいわよ」と言った。

咲がメガネをかけると老婆はなにやら手元でメモらしきものをとっている。そのときもごく小さい声で「うん、うん」と言っている。癖なのか？　聞きようによっては、喉に極少量《ごく》の痰がからんでそれを気にして小さく咳払いしているようにも聞こえるが、それにしては、とっとと吐き出してしまえ、と思う。

咲は信義と顔を見合わせる。信義は退屈そうに汗を拭《ふ》いていた。

老婆は一回、今までにはない高い音で「うん」と言うと「あなた悩んでるわね」と言った。

老婆の声は軽くしゃがれており、高い声を出すときだけしゃがれが消える。

咲は確かに悩んでいたが、これまでの人生で悩んでいなかった時期などあっただろうか？　それに、悩みのない人間なんているのだろうか。いるかもしれないけど、少ないんじゃないか？　この占い師も凄いな。子供騙《だま》しにもほどがある。

咲は逆に面白くなってきた、あんまり真面目な占いでシリアスなことなど言われたら悩みは深くなるばかりで、じゃあどうすれば良いんですか？　なんて形で占い師に依存していっちゃって最終的に壺的なものを買わされるような恐怖も感じなくてはいけないが、この程度の占いだと雑誌の最後の方のやつとか、朝の情報番組のワンコーナーみたいに適当に聞ける。

つまるところ、この占い師は儲ける気はなさそうだ、もしくは、儲ける才能が全くない。面白いと思った。

「悩んでます」とだけ言ってみて、出方を窺うことにした。

「何に？」占い師はもう訊いちゃった。訊いちゃ駄目だろ。そこを当てて私の信頼を得ないと。咲はそう思うのだが、少し、意地悪してみるかという気にもなった。

「当ててみてください」

「うん。うん、」老婆は二度うんと言うのだが、咲にはその意図は測れない。老婆はそのまま咲の顔を見る「色々悩んでるわね」と言うのだった。

当たってる。

「ええ、まあ、色々、悩んでます」咲は信義を窺いながら言う。信義は面白そうに二人のやりとりを見ている。

「あとなんかある？」老婆は投げやりだ。

「ええっと、」色々悩みはあるのだけれど、この人には打ち明けたくもないし、そうやって考えると適当なのが浮かばないで咲は悩んだ。それを見た信義が口を出す。

「あ、うちの炊飯ジャーがなくなったんですけど、どこ行っちゃったか分かります？」

咲は信義を見た。良いことを思いついたな。

「ああそう」老婆は少し上体を後ろにそらし、右側の棚をなにやらごそごそしている。

「あなた、濡れた男に会った？」

「え？」確かに咲は先日濡れた男を見た。しかし、まさかそのことをこの老婆が言っているとは思えなかった。

老婆は探し物に夢中で、会話はそれ以上続かなかった。

ついに棚から古いタバコの缶を見つけると、少しきつめの蓋を開けそこから小さな人形を出した。

白い何かの毛を束ねて作った人形で手足がある。頭の部分は毛を結んで球を作ってありそこにサインペンで顔が描き込んであった、動物の毛で出来た顔に黒いインクが滲んでいる。動物の毛だと思うのは、それが毛羽立つ様や、その毛の質感などが何か生き物めいているからだった。

体には空色のフェルトで作ったチョッキが着せてある。ズボンは穿いていない。信義は興味を持った。その人形が妙に生々しかったからだ、既製のものの感じがしない。なんだろう媚《こび》がない。何か怨念とか執念のような凄みを感じた。

「それは？」信義が訊く。老婆はチラッと信義を見る。

「マサハルくん」と言って人形を机の上に置いた。

マサハルくんの無表情な顔を咲は覗き込む。そろそろお暇《いとま》した方が良いかしら。咲は隙あらば帰ろうと思い始めた。

「帰らないで」老婆が高い声を出す。咲は心の中でのけぞった。やめてよー。それでも表情はつとめてにこやかにする。

信義はマサハルくんに夢中になっている。しゃがみ込んで両手を机の縁にかけて見ている。

こういう信義をそういえば昔は良く見た。良く二人で博物館に行っていた時期があったけど、そういえば信義はこうやって何か興味を引くものを見つけるとすがり付くように見るのだった。

「こんにちは、ここは良いところだね、お婆さんも優しいし」老婆は高い声で言うと、マサハルくんを右手で持って操り始めた。踊っているようにも見える。

「地獄旅行に行くんでしょ？　良いなあ、ぜひ温泉に浸かってくださいな、そうそう、炊飯ジャーだったね、きっと地獄に落ちたと思うよ、じゃあ」マサハルくんはそう言うと、バタリとその場に倒れ込んでしまった、という動きを老婆がやった。微妙に出来るだけ口を動かさないようにしゃべっているので鼻にかかったような声になる。

　信義は面白く老婆を見ていた。

　咲も出来るだけ老婆を見ようと思った。目を逸らしていたかったが、そうしない方が良いように思えた。

　老婆も咲を見ると、ニコリともしないまましゃがれ声に戻って急に話し出す。

「いえね、急にやらないと前置きを話した時点でみんな警戒しちゃうからさ、そういうニセモノが多いからねえ」

「はあ」

「凄いでしょ？　マサハルくんの能力」

「はあ」

「昔は警察に協力しないかなんてことも言われたりね」

「犯罪捜査ですか？」と信義が口を挟む。

「そうそう、あのー、あすこの警視総監？　そういうあれの人がね」

「すげえ」

老婆は信義から目を逸らしてマサハルくんを古いタバコの缶の中に仕舞う。

「あんたたち地獄に行くんだったらあたしからあれしとくけど、予約しとくけど」

老婆は「あたし」を「ああし」に近い感じで発音する。それは「あたくし」まで行くとちょっとやりすぎなんだけど、かといってただ「あたし」と言うほどあたしはお安くないわよという気持の表れでもあったので、今後その意志を尊重し「ああし」と表記することにする。

「え？」咲が聞き返す。

地獄旅行の代理店はこの老婆のところだったのか？　いや、その前にこの人は私たちが地獄に行くことをなんで知ってるんだろう？　さっきマサハルくんも、そういえば知ってなかったっけ？　咲は考えてしまった。信義を見ると、同じことを思っていたらしく、ビックリしたような顔をしている。こいつは分かりやすい奴だな。

「ビックリした？」老婆が言う。

「あ、はい」咲は素直にそう言った。

老婆は時計を見て手を出した。

「1000円」

「あ、はい」咲はそう言ってバッグからお財布を出したが財布には1万円札と小銭しかない。

信義を見ると、信義はポケットを探り始めた。

財布から1000円札を出して老婆に渡す。

「はい、ちょうどいただきます」そう言って初めて笑顔を見せた。

右脇の棚から大きな蛇柄の財布を出すとそこに1000円を仕舞い「どうする？ああしがあれしといてもいいけど、地獄行く？」と訊いた。


「あれは本物だよ」と信義は言う「お婆さんのあれかどうか分かんないけど、マサハルくんは本物だよな、あれ、最初見たときからなんかおかしかったもん、あれ」

「うーん、私基本的に占いとかそういうの信じないんだけどな」

「好きじゃん」

「なんか、そういう嘘をつかれるっていうか、騙そうとされるのが好きなの」

「なんだよそれ」信義はそう言って、咲との話を切り自分の考えに没頭し始めた。

咲と信義は占いコーナーで地獄行きのツアーを予約したのだった。

老婆は二人の名前だけ訊くと紙にそれをメモし、別の紙を1枚くれた。

手のひらくらいの紙で、四辺が綺麗に揃ってないところをみると大きな紙を切って作ったようだった。そこに「金曜日。屋上に9時　時間厳守のこと」と書かれている。

これなら覚えられるから紙はいらないと思った。だけど、チケットだったり契約書だったり、確かなものがその紙切れ1枚しかなかったので一応持っていることにした。

「ねえ、炊飯ジャーほんとに地獄にあると思う?」

「ないだろう」信義はその辺冷静だった。

「でもなあ」咲には濡れた男のことが引っ掛かっていた。

咲はエスカレーターで濡れた男に会ったのだった。そしてその男は炊飯ジャーを抱えていた。

もし、あの男のことを占い師のお婆ちゃんが知っていたとすると、あれはグルってことになるんだろう。しかし、グルになってそんなことしてもなんの得にもならないだろうに。

信義はどうでも良さそうだった。咲にも実はどうでも良かった。

「あのマサハルくんはさ、地獄のおみやげかな？」信義はマサハルくんが欲しかった。

「違うでしょ、あの人が作ったんじゃない」

「なんで？」

「だって、あんなのおみやげにして誰が喜ぶのよ」

「俺とか」

## 地獄へ

咲と信義は詰めた荷物を確認していた。

一体何を持っていったら良いか分からないからもう一度確認しようということにな

った。

暑いのか寒いのか、お金はどれくらいかかるのか、ご飯は美味しいのか不味いのか、全く分からない。

信義は一日や二日、最悪なんでも我慢できると思っていたが、咲の方は心配だった。それでスーツケースを持っていくという。冬のものと夏のものを持っていくというのだ。

「でもさ、基本日本と変わらないんじゃない？　季節とかも」

「そうかな？　地獄って言うくらいなんだから極寒か目茶目茶暑いかだと思うのよね」

信義は、間を取った格好。つまり春や秋の格好で行くつもりだ。

本当は夏以外1年中着ているスーツで行くのが良いのだったけど、さすがに休暇っぽさを味わいたい。それでもうあまり着なくなったパーカーを引っ張り出してTシャツにそれを羽織っていくことにした。靴は考えた末、ビーチサンダルにした。

「寒かったらどうするの」

「我慢する」

事実、信義は大学時代のうち2年間をビーチサンダルで過ごした実績を持っていた。

咲は靴も2足持っていく、普通のスニーカーとサンダル。革のものは止めた、雨が降ったりしてぬかるんだ道を行かなくちゃいけないとき困るからだ。布のスニーカーと、水色のゴムのサンダルにした。

「なあシャンプーどうする？」

「ついてるでしょ？」

「バサバサすんじゃない？」

「私は持ってくけど」

「貸してよ」

「だって温泉なんだから、男女別でしょ」

「じゃあ、歯ブラシは？」

「かさばらないんだから持ってけば？」

信義は歯ブラシを取りに立ち上がり、水気を切って袋に入れたりするのが面倒だった。信義は寝る前にしか歯を磨かないのだけどなぜか歯ブラシは常に濡れているのだ。

そういったわけで、結局歯ブラシどうしようと思っているまま、他の荷物のことを考え始める。

カメラは持っていくことにした。信義はリコーのコンパクトカメラ。咲は父親にもらったマニュアルフォーカスのニコンの一眼レフに28～50ミリのズームをつけて。それからフィルムは感度400の36枚撮りを10本。これは昨日カメラ屋さんで買った。今どきのカメラ屋さんはフィルムなんてあんまり売ってない。これを機にデジカメでも買うかなんて話をしたが、咲がフィルムで充分だというので信義も折れた。

タオルなんかも一応持っていこうと考えたがかさばるので手ぬぐいを2本持っていくことにした。

浅草に遊びに行ったときに咲の買った濃い紺に赤と白の模様が入ったものと、草津温泉のおみやげ屋さんで買った湯を揉《も》む女性のイラストが入った手ぬぐい、丁寧に「湯揉み」と文字が入っているもので、「湯揉み」の方は信義に使わそうと咲は考えている。

それから下着類。一応それらしく少し豪勢な下着を持っていこうかと咲は考えたがなんか変に期待しているかのように信義に勘違いされるのも癪《しゃく》なので普段着けてる気の置けない下着を詰めた。信義はパンツ1枚でどうにかしようとしている。二人とも歯ブラシを忘れていて、今さっき詰め込んだ。

「あ、コンタクト持ってった方が良いんじゃない」と信義が良いことに気がついた。

咲はメガネだから例えば露天風呂に入ったとしても何も見えない。メガネをかけて入浴というのもありっちゃありなんだが、どうも全裸にメガネっていうのが間抜けに思えるし、メガネは曇るし、メガネ屋さんには「メガネをかけて温泉に入る人がいますが、あれはメガネにダメージがあるのでやめてください」と言われてるし、でいつもコンタクトレンズを持っていかなかったことを後悔するのだけど、信義は良いことに気がついた。一日使い捨てのコンタクトレンズをスーツケースの端っこに突っ込んだ。

「これでいいかな」

「いいだろ」信義はもう早く眠りたかった。

咲はワンピースを持っていくかどうか悩んでいた。それは冬の終わりにこの春着ようと思って買ったもので、ノースリーブで白いコットンで胸元に細かいプリーツがあってスカートの部分にはつる草模様の刺繍《ししゅう》があってお花が咲いていたり小鳥が飛んでいたりしてとても可愛らしく乙女チックな中にも上品さのあるものであるのだけど、咲は自分が決して乙女ではなく、さらには可愛らしさよりも男らしさのようなものを持ち合わせていることに気付いていたから勢いで買ってしまったものの自分とそのワンピースとの間の距離を思うと着る勇気が出ない。えへへへという笑いになってしまいそう、こういう服を着る人はまず音を出して笑わないし笑ったとしてもふふ、とかほほとかそういう音であってえへへとかあははとはいかないのだ。

咲は自分の大爆笑にあんまり自信がなかった。すかっと笑えない。どこかにぬめっとした感じが含まれてしまう。なんというか、卑屈さがある。この笑いで大丈夫かしら？　という疑念のようなものがあってすかっと笑えない。信義なんかの馬鹿笑いはさすがと言える。馬鹿笑いなら信義だ。話が逸れた。そう、咲はワンピースを持っていくかどうか迷っているのだ。

ワンピースに関しては、持ってって結局着ないというのは何か嫌だった。持ってくなら着る、着ないなら持ってかない。だから結局着るか着ないかなのだ。

「なんだよ？」信義が言う。咲はスーツケースの上にワンピースを広げて考えているのだ。リモワの一番安いスーツケースを、実家に帰るときに必要で買った。信義の出張でも使えるようにと黒にしたが信義はいつも革のボストンバッグ1個でどこでも行ってしまうから結局ほとんど使っていない。

「このワンピースどう思う？」

「え、いいんじゃない？」

　信義に訊いた私が馬鹿だったと咲は思うのだ。

「入らないんなら俺のバッグに入れようか？」

「うん、着るかな」

「着なかったら着なかったで良いじゃん、どうせ着なそうなのいっぱい持ってってんだから」

「そうか」着よう。どうにかして。そう思って、ワンピースをスーツケースに入れた。


　金曜日の朝8時。起きてモタモタしていて、8時50分くらいに五反田駅に着いた。まだ百貨店は開店していない。

　咲はジーンズにガーゼ生地のシャツ、下に薄桃色のキャミソールを着ている。信義はジーンズにグレーのパーカーを着ている。足元はビーチサンダル、ビーチではないから変だった。

咲のスーツケースは信義が引いている。せっかく荷物を少なくしたのに結局大きな荷物を持つのは俺なのだと信義は思う。信義のボストンバッグを咲が肩にかけている。信義はスーツケースの他に小さめのナイロン製のショルダーバッグを肩にかけていた。これにはあんまり荷物が入っていなく、咲の薄手のショールとカメラ、それから本が2冊だけ入っていた。

本も何を持っていこうかと相談した末『赤毛のアン』と読みかけだった『マルテの手記』を持っていくことにした。『赤毛のアン』は信義。本を読まない信義のために咲が絶対面白いから読めと買ってあげたのに未だ読んでいなかったみたいで信義は、「何か本持っていったら」という咲の提案に『赤毛のアン』を持ってきた。

「どうしよう？」咲は言う。二人は軽く途方にくれていた。デパートのシャッターは閉じている。

「屋上なんて行けないじゃん」信義はもう家に帰ることを考えていた。もしくは今から箱根か何かに目的地を変更するか。箱根辺りだったら連休とはいえそんなに混んでないかもしれない。

「ねえ、やっぱ、箱根とかにしてみる？」

信義の提案に咲は乗りかけたが、せっかくだから地獄に行ってみたかった。

「うん」とだけ言って身軽な咲は信義をシャッターの前に残し辺りを探りに行った。

信義はシャッターの前で町を見ている。連休初日の町は閑散としていた。

朝だからかなあ。タクシーが何台か通る。サラリーマンがいないとこの町はほとんど空なのだ。自分もサラリーマンだけど、こうしていると自分がサラリーマンであるなんてことが信じられない。信義はぼんやりそんなことを考えながら後ろを確認せずにシャッターに寄りかかろうとしたら思ったよりシャッターが後ろにあり、倒れそうになって慌ててシャッターにお尻から激突してしまった。

ジャーンと、想像より地味な音がする。そんなことをしているとこれから旅行しようというのがなんだか不思議に思えた。本当に俺たちはこれから見ず知らずのところに旅立とうとしているのかな。いったい本当にここの屋上から地獄になんて行けるのだろうか。

連休までのこの数日は結構あわただしかった。連休は取引先も休みになるから、どこもその帳尻合わせで連休前に色々バタバタ片付けてしまえってことらしく、仕事が片付かない。咲も咲で忙しかったみたいで、信義が帰っても机に向かってることが多かった。

咲が家で仕事すること自体珍しい。家でやると寝ちゃうか、つい掃除を始めちゃったり、漫画を読み始めたり、手紙を書き始めたりしちゃうから、いつも近所のファミレスでやるのだ。

信義は物事を深く考える性質《たち》ではなかったけど、それでもまあ少しは考えることもあるわけで、咲との結婚についても実は結構いろいろ考えた。多分、咲はそういう信義の逡巡《しゅんじゅん》だったり、悩みだったりに全く気付いていないのか、元来信義にはそういう機能は備わっていないとでも思っているようだった。信義にはそれが歯がゆくもありまたありがたかった。

咲が戻ってくる。

「あっちのエレベーターから昇れそうだよ、屋上」

エレベーターは動いていた。咲と信義がエレベーターを待っていると3人の若い男子がやってきて何やら話している。

これから3人で買い物にでも行くみたいだ。咲と信義は黙っていた。なんとなくこれから地獄に行く自分たちを後ろめたく感じたのだ。

エレベーターに乗り込む。若者たちは4階を押した。電車に乗るのだろう。咲は屋上を表すRのボタンを押した。若者のうちの一人が咲を見る。信義は外を見ていた。

5人乗ると狭い。咲たちは大荷物だからなおさらだった。

4階で3人は降りる。降りるや咲と信義を振り返り「あの人たちどこ行くんかな」と言った若者の姿がエレベーターの扉に遮られて見えなくなる。

「地獄だよな」信義が言った。

咲は信義の顔だけ見て、時計を確認した。57分くらい。咲の時計はアナログで分針が短いデザインのものだったのでアバウトにしか時間を知ることができない。

屋上に着く。曇っている。「入口」と書かれたガラスの扉を押して中に入る。いや、外に出るか？　屋上に出た。

「へー」信義は辺りを見回す。そういえばこないだ二人で来た時は占いしてもらってそのまま外に出たのだ、信義が屋上に来るのは初めてだった。

「思ったより狭いね」と言う。

咲は最初来たとき逆の感想を持ったから、面白いなと思う。

ベンチに女が座っている。タバコを吸っている。東京タワーを展望室のところで切ったデザインの灰皿に灰を落とす。

バスガイドのような格好をしている。咲と同じかそれより少し上くらいの年齢に見える。

「あの人ほら、最初にパンフレットくれた」

「ああ」信義は肯いて、行ってみようと咲を促した。

ベンチからは町が一望出来る。風がこっちに向かって吹いてきていた。スーツケースをゴロゴロ引きずる音で女は咲と信義に気付いた。

素の顔で二人を振り返りすぐに笑顔を作った。タバコを消して立ち上がる。

「地獄行きの方ですか？」

「ええ」こういう場合一応信義が応える。

「ええっと」女はベンチを挟んで向こう側に立っていたがこちらに回り込みながら手に持ったバインダーを見る。「大木さん？」

「え、ええ」

「じゃあこちらにどうぞ」そう言って昔ペットショップだった建物の方に歩き出す。

「あっちだって」信義がワザワザ口に出して咲に言う。きっと少し不安なのだ、それを何とかするためにワザワザそんなことを言う。

何せ地獄旅行の予約を取ったとき、二人は自分たちの名前を名乗った覚えなどなかった。

二人は女についていった。女は昔ペットショップだった建物の扉をガッガガ、ギッと開け、その横に立って二人を待っている。二人は少し早足でそちらに向かうのだった。

昔ペットショップだった建物の中は暗く蛍光灯が1本だけ点灯していたが、外からの明かりよりも弱かった。

女は但馬《たじま》と名乗った。

ペットショップのレジが置いてあった台の奥に座り、前に咲と信義を座らせた。

「お二人は地獄は初めてですか？」

「ええ、初めてだよな？」

「うん」

「でしたら、こちらの地獄観光案内ツアーに申し込まれるのがよろしいかと思います」

地獄の名所を全て網羅！　人気のオプショナルツアー！　地獄甘エビ食べ放題のランチ付き。とある。

「地獄甘エビ？」

「地獄の名産です」

「へー良いですね」

「ええ、甘くて身がプリッとしてて美味しいんですよ、エビじゃないんですけど」

「え？」

「生物学的にはエビじゃないんですけど」

「へー、どうする？」信義は何でも良かった、こういうのは咲がうるさいので判断を任せる。

「あ、でも、自分たちで好きなところ回る方が……」咲は但馬にそう言った。

「ええ、そうしますか、もしあれでしたらいつでもおっしゃってください、私の携帯の方にお電話いただければすぐに対応いたしますので」但馬は名刺を渡す。

そこには但馬の名前と携帯の番号、それからメールアドレス、これはパソコンの方のアドレスのようだ、が記されており、但馬の顔が白黒写真で載っていた。ふてくされたような表情で実物よりも老けて見える。

「あ、ありがとうございます」咲が受取った。ジーンズの後ろポケットに入れる。

「お宿の方はお取りしてありますので、こちらどうぞ」と地図をくれた、地獄の大雑把な地図で「大体こんな感じ」と突き放されたような地図だ、そこに幾つかの宿や名所が記されている。

　山や森、風車、谷、川、滝、マーケット、温泉街、そんなものがイラストと文字で書かれている。

「こちらの、いいじま屋さんが今回のお宿になっております」そう言って胸ポケットから出した蛍光のマーカーで「いいじま屋」の文字を塗る。

「随分大雑把な地図ですね」

「ええ、なにせ地獄なものですから、ねえ」と但馬が言う感じでは地獄ってのはそういうもんでしょ、分かってるよね、という感じだったから、咲は何も言えずに「ええ」と曖昧に応えて笑っておいた。

「温泉はありますか？」

「もちろんございますよ、いいじま屋さんにもございますし、共同浴場もございます」

「ああそうですか」信義は嬉しそうに咲を振り返った。咲は笑顔を返す。

「では、こちらお渡ししときますね」但馬はビニール袋に入った紙を取り出し机に置いて続ける。

「こちら手引書になります。ビニールの中に入ってますので大事にお持ちください」

「はあ」咲はそう言ってビニール袋に入った紙を持ち上げ中身を見る。折り畳まれた紙が入っている。透かして見ると紙には文章が書かれているのが分かる。

但馬が書類を出してきて契約の説明を始める。信義は幾つかの書類にサインをする。カードで一人2万4800円の旅費を支払った。

「ありがとうございます。領収書はいかがしますか？」

「いる？」

「うん、いいや」

二人のやりとりを聞くと、但馬はポケットから小さい透明のビニール袋に入れられたピンクの物体を5、6個取り出した。そのうちの二つを台に置くと残りをまたポケットに仕舞う。

見るとそれは耳栓のような形をしていた。小さい紙片と一緒に入っている。

「これは？」

「耳栓です」

「はあ」

「ええ、ご説明しますね。これから地獄に向かう道中こちらの耳栓をしていただきます。途中物凄い音や嫌な言葉をかけられることがございますので」

「嫌な言葉？」

「ええ、凄く嫌な気分にさせることを言われます」

「誰に？」

「さあ？」但馬はそんなこと私に訊かれてもという様子だったが、咲たちには他に頼るものもいない。

「耳栓してると聞こえないんですか？」信義が訊く。

「いえ、聞こえます、でもしないよりはましですよね？」と但馬が訊いてきた。

「いや知らないですけど」

「それに後ろから誰かずっとついてきます」

「それでどうすれば良いんですか？」咲が尋ねる。

「絶対振り返らないでください」

「振り返ると」

「大変なことになるらしいです」

「どうなるんです？」

「さあ、大変なことになってしまった人と話したことがないもので」

「はあ」

「とにかく振り返らないようにしてれば大丈夫ですから」

「ええ」

「あとこれ、気休めですけど」但馬はそう言うと東京都指定のポリのゴミ袋を台の下から出してきた。

咲と信義は荷物をゴミ袋に入れ終えた。これから水の中を通るらしい。

荷物も一緒に通さないといけないので濡れる。だからゴミ袋に入れるのだけど、但馬が言ったように気休めだった。

「大丈夫かな？」咲は小雨でもすぐに傘を差したがるタイプだった。

「水の中を行くのはちょっとだって言うし、大丈夫だろ」信義は水に濡れることに関しては無駄に男らしい。豪雨をものともせずにびしょ濡れで帰ってきて、降られちゃったよ、とか言って豪快に笑ったりして咲をヒカせたことがある。

「用意出来ましたか？」と但馬は言って二人の荷物をチェックしだした。信義のバッグを包んだゴミ袋の結び目をいったん解いて強く結びなおしたりする。

「行きましょうか？」と但馬が言う。咲と信義を交互に見る。

3人はプラスチックで出来たひょうたん池の前に居る。池の水は濁っていて底は見えない。

「ここが地獄の池です。ここから地獄に行きます」

咲には思い当たる節があった。あの濡れた男だ。濡れた男を追っていったとき咲は屋上のこの池の前にたどり着いたのだった。

「但馬さん濡れた男をご存じですか？　コートを着た男です」

一瞬の間があったように感じた「いいえ、存じません」但馬はそう言って咲の目をじっと見るのだった。私は嘘偽りは申しておりません、とでも言いたげな目だった。

「あの、どうやって入るんですか？」信義が池を覗き込みながら言う。

「頭から入ってください絶対に、足から入っちゃ駄目ですよ、頭を打っちゃいますから」

「足から入ると頭を打つんですか？」

「ええ」

「じゃあ、あの荷物は？」

「お二人が行ったら私が投げ入れますので受取ってください」

「はあ」

「そっから先は先ほど説明した通りです、まず耳栓をして、」

「ええ、ええ、わかってます紙をいただいてますから」そこから先の行き方は先ほど何度も説明を受けていた。但馬が繰り返そうとするので咲は慌てて制すのだった。

咲と信義は顔を見合わせた。放置され、どす黒い雨水を湛えたプラスチック製のひょうたん池に飛び込めと言われ、いざ目の前に立ってみると、固まる。

水だからか？　信義は考えた。池の前に座って縁をつかんで水面を覗き込む。

例えばプールでも、いざ水に入る一瞬はやっぱりちょっと戸惑うのだ。それが信義に特有の感覚なのか、人類に共通のものなのか信義には当然分からなかったけど、多分、こんな泥水のような池に頭から突っ込んでいかなければいけないときの戸惑いは人類共通のものに思えた。

信義は咲を一度見ると「よし」と言った。頭から地獄の池に入っていった。

信義は何か巨大な生き物に飲み込まれるように池の中に入っていく、足だけ残って消えた。

こんな休日の午前中に、屋上の池の中に夫が飲み込まれるのを初めて見た。動揺した。

「あれ？　え？」咲はプラスチックの池を叩いてみる。

「あ、駄目。叩いちゃ駄目です。目覚めない方が良いものが目覚めちゃいますから」

「え？」

「魚が居るんです。池の中で魚に会いたくはないでしょ？　結構大きいですから」

咲は心配になって但馬の目を見た。但馬は安心させるように微笑《ほほえ》んだ。

水面を眺めて信義のビーチサンダルを片方見つけた。

「片方、置いてっちゃいましたね、これは浮くから」そう言って咲に信義のビーチサンダルを渡す。

「持ってってあげてください」

咲はビーチサンダルを受取る。この汚い得体の知れない地獄の池に飛び込むのはためらわれた。しかし、信義はもう行ってしまった。飲み込まれた。

ここで帰るわけにはいかない。

但馬はニコニコして咲を見ている。微笑み返した。

「じゃあ行きます」

但馬が手を振って、咲は池の側に座る、靴は脱いでカバンに仕舞っているから裸足だ、屋上のコンクリートの感覚が少し懐かしい。

水面を覗き込み、指先を水につけてみる。思ったより冷たくない、どころか、温《ぬる》いように感じる。

指先から手のひら腕とそのままゆっくり浸けていった、温い水がまとわりつく、咲はシャツを脱いでキャミソールだけになっていたからまだ服は濡れない、そしてこの姿勢のまま潜っていくとなると次に浸けるのは頭だった、そう考えて躊躇する、しかし、水に浸した腕が池の底から引っ張られているように感じる、浮力が下に向かって働いているような感じだ、但馬を振り向くとどこか別のところを見てボーっとしている、それが逆に咲を安心させた、但馬を振り向くために首を回したから髪の毛が水面に滑り落ちて濡れる、ああ嫌だな、しかし、髪が濡れたらもうどうでも良くなった。

大きく息を吸い込み目をつむり、水に頭を浸けた、つむじの辺りが冷たい、おでこの辺りにも水が、あ、やばいメガネ外しておけば良かった、と気付いたときには体が水底に向かって引っ張られていく、その力に引きずられ半身が水に浸かるとそのまま全身水に浸かった、足が池の縁に当たった感覚がある、息が出来ない、当然だけど、何も見えない、目をつむっているから。恐ろしい、咲はパニックになった体をばたつかせる、息が苦しくなる、まだ30秒経ったかどうかだったから息は充分なはずなのに、非常に苦しい、未知が咲を苦しめているのだ。咲は魚を見た。目をつぶっているのに。魚は肌色をしていて、咲の周りをグルグル泳いだ。魚から逃げようと、手足をばたつかせる。

魚が目の前に迫ってきた。目が合った。人みたいな目だ。

ああ、このまま気を失うかもしれない、そう思ったとき、足先に空気を感じた、足をばたつかせる、水を飲んでしまった、ダンと強い衝撃が足にきて咲はどこかに着地した、目を開ける間もなく、そのまま地面に倒れ込むのを信義が支えた。

「大丈夫？」信義が訊く。

咲はゆっくり目を開く。日が照っている。木々が茂っている。体は濡れていた。

地面にへたり込んでいる咲を信義が立って支えている。顔を覗き込んでいる。咲は信義を見て言った。

「魚に会った？」

「え？」

「池の中で」

「いや、見てないけど」

「そう。ここは？」

「地獄なんじゃない？」

鳥の声が聞こえる。良く聞くと変な感じがする。

「ナ行で鳴いてる」咲が気付いて言った。

大抵の鳥はカ行かパ行で鳴くような気がする。「カー」とか「キー」とか「ピー」とか「ピヨ」とか「ホー」とかもいるけど「ナー」は初めて聞いた。

「なんか口の造りが違うのかね」信義はそう言って少し気味悪く思う。ただナ行なだけの違いなのに。

咲は濡れた髪の毛を確かめながら聞いていた。芯《しん》まで濡れているわけじゃない。服はかなり濡れていた。口の中が生臭い、あの水を飲んでしまった。

「水飲んだ？」と信義に尋ねる。

「うん」と応えて嫌な顔を作ってみせる信義の上から荷物が降ってきた。

幸いスーツケースは信義をかすめただけで、ボストンバッグが肩の上に落ちてきたが軽くて良かった。

ゴミ袋から荷物を出すと手ぬぐいでそれぞれの体を拭った。気温は暑くも寒くもない、濡れた体に風が少し肌寒いが凍えるような感じではない。

日が出ているから、乾きも速いだろう。

信義はスーツケースからカメラや何かが入ったショルダーバッグを出している。

咲たちのいるところから道が一本続いている。踏み均《なら》されただけの道で、道の両端に車の轍《わだち》がはっきりしている、道の中央にはところどころ草が生えている。但馬からもらった紙によると、ここは地獄の入り口で咲と信義はこの道を行かないといけないのだ。

道は鬱蒼《うっそう》とした森の中に繋がっている。

二人は顔を見合わせた。

## 一本道

濡れた服に風が冷たい。

鳥がナ行で鳴いている。地獄の鳥はナ行で鳴く。思えば、鳥かどうかも分からない。何せ姿を見ていない。

咲は濡れたメガネを振って水滴を払うと手ぬぐいで拭く、メガネをかけなおし、まだ蔓《つる》の部分は濡れていて耳の辺りがヒンヤリするけど、それはそれとして空を見上げる。

何もない。

空があるし雲もあるんだけど、それしかない。

あそこから私たちは降ってきたわけだけど、何もないところから何かが、この場合は大木家の二人が、出てきたわけだけど、それってやっぱり不思議だけど、多分もともと何もないところから私たちは、というか全てのものは出てきたわけで、いや、最初から何かあってそれが形を変えたに過ぎないのか？　でも、最初より前には何もなかったんだよなあやっぱり、などと考えながら日差しを浴びている。

二人は濡れている。五反田のとうきゅうの屋上から地獄にやってきたときに濡れた。地獄には水を経由して来たのだから仕方がない。

二人はゴミ袋から出した荷物の中身を確認した。周りは少し濡れたが中までは濡れてないようだった。

「どうする？」信義の短い髪の毛はもう大分乾いているように見える。

咲は羨ましかった。咲の長い髪はひっつめていたおかげで芯まで濡れてはいなかったけど、それでもやっぱり全体的に水を含んで重いから髪を留めたゴムを外しちゃんとしっかり拭かないといけない。これだから長い髪は。

咲は信義を見て、少し待ってとでもいうように髪を手ぬぐいで挟むように拭く。

「長いと大変だね」とか言って信義は辺りを見回している。

そこは低い山に囲まれた平地で乾いた白い土が半径30メートルくらい？　どうだろう？　25メートルくらいか？　分からないけど、それくらいの円形になっていて、周りには草が茂っている。

踏まれたり掘り返されたりしてそこだけ草が生えなくなったみたいだ。

周りには木も生えている。円形の広場から細い道が、道と言っても獣道みたいな、踏み固められた道が真っ直ぐ続いている。

道には細い2本の轍があり、車輪と車輪の間と思われる部分にはまばらに草が生えている。

道は緩やかな上り坂で、ある程度先の方までしか見渡せない、先は森の中に向かっている。

ここは地獄の入り口だ。

「やっぱあの森の中に行かなきゃいけないんだよね」

「そうだろうね」咲は相槌《あいづち》を打った。

「うーん、嫌だな」信義はそう言って腕を組んだ。道の先にある森を見ている。

「そうだね」髪はもういいか、と思えるくらい乾いたので、もう一度結いなおす。

「あれ見して、但馬さんの」

咲はポケットからビニールに包まれた紙を出す。一緒に入れといたピンクの耳栓も出てきた。

紙の方を信義に渡し自分は耳栓をもう一度良く見る。

信義はビニール袋の口を留めたセロテープを剝がす。濡れていたので容易に剝がせた。「ひでえな」とつぶやく。

セロテープはビニール袋の口に対して縦にピッと貼られているだけなので、塞《ふさ》がってない面積の方が大きい、一度折り返してあるとはいえそこから水が浸入してしまっていた。紙の端が濡れている。取り出して広げてみるとA４ほどの大きさの紙は、端っこの部分と、四つ折りにされていたためその折り目の交わるところ、ちょうど紙のど真ん中のところが濡れて変色していた。

「なんて書いてある？」咲は覗き込んだ。

咲と信義は地獄に来る前、但馬さんからしっかりと説明を受けていたが、同時に地獄でのことが書かれた紙を渡されていたので、紙に書いてあるから良いやという気持が働き実は適当に聞き流していたのだ。二人ともそうだった。

だから、実のところちゃんと説明を受けた人はこの場にいない。

但馬さんにもらった紙だのみなのだった。

「うん、耳栓てさ、咲が二つ持ってる？」

「え？」

「俺自分のやつどこやったっけ？」

咲はポケットを探る。「え、私持ってないよ、自分のしか」

「ええ？　俺のやつどこやったっけ？」

「ポケットじゃないの？」

信義はもう一度ジーンズのポケットを探りなおし、パーカーのポケットに両手を突っ込んで一番端のよくゴミが溜まっている部分も指先で調べてみたが、なかった。

咲もジーンズのポケットをお尻ポケットまで探ってみる。咲はジーンズに薄桃色のキャミソール姿で濡れて少し色が濃く見える。

「私持ってないよ」咲はそう言って信義のショルダーバッグに一時入れておいてもらったガーゼ生地のシャツを上から羽織った。

「どうしよう？」

「どこやったの？」

「分かんないよ」

「もらってどうした？　ポケットに入れたでしょ？」

「うん、そう思ったんだけどポケットにもないからさ」信義は、もう良いかという気持になっている。

「どうすんの？　耳栓をしてくださいって書いてあるよ」咲はそう言ってもう一度、但馬にもらった紙を見てみた。（森に入る前に耳栓をしてください。森の中では凄く嫌なことを言われたり、誰かついてきたりしますが決して振り返らないでください）と書いてある。

鳥のようなものが鳴いている。

咲たちは行くしかなかった。

「手ぬぐい巻きな」

信義は草津で買った「湯揉み」と書かれた手ぬぐいを耳を覆うように頭に巻いてみたが効果のほどはかなり疑わしかった。長さが少し足りないからか、巻き方が上手くないのか耳の穴と手ぬぐいの間に隙間が出来てしまう。

「どうかな？」信義は咲を振り返る。「湯揉み」の「揉み」という字がちょうど額の辺りにあって、咲は不安そうな夫を笑った。

「良いんじゃない」

信義は少し怒った素振りで荷物を持つ。スーツケースのキャスターは土の道を行くには不向きに思えて、信義は右肩をいからせて持ち上げた。それで肩にかけたショルダーバッグのストラップがずり落ちる。夫はなで肩なのだ。

咲はピンクの耳栓の入った小さなビニール袋を取り出す。

ビニール袋には耳栓と一緒に小さい四角い紙が入っていてそこにはなにやら文字が書かれている。

文字は見たことのない文字で文字というにはあまりにも絵のようで、それは地獄の文字だった。

　咲はもちろん地獄の文字を習ったことも見たこともなかった。

　紙には「ネバネバするのであまり耳の奥にまで入れると取れなくなる恐れがあります。メイドイン地獄」と書かれてあるような気がする。まるで身振り手振りで何かを伝えるような文字だ。

「ねえこれ面白いよ」スーツケースを少し持ち上げた状態で咲の準備を待っていた信義に、咲が声をかける。

「ええ」額に（揉み）の2文字を掲げた信義はそう言っただけで動こうとしない。

「見たこともない字なのに読める気がするの」咲はそう言って5歩分くらい離れた信義に小さな紙を指し示す。

　信義はスーツケースをその場に置くと面倒くさそうに寄ってきて紙を覗き込んだ。チラリと見て、興味を持ったのか咲の手に自分の手をそえると紙が良く見えるように位置を調節した。

「なんだこれ」信義は面白そうに笑って字をしかと見る。

　信義には「ネバネバするので耳の奥までお入れください。恐ろしさが軽減します。

メイドイン地獄」と読めた。それを咲に伝えると、咲の解釈と大きく違うことが分かる。

「この字だよね」咲が指差した字は、「耳の奥まで」のニュアンスの字と「恐ろしい」のニュアンスの文字との間にあった。

咲にはそれは「禁止」を意味してるように読め、信義には逆に「推奨」を意味して読めた。顔のような文字でOKともNOとも取れる表情をしている。

「どっちだろう？」信義には咲の言うことも間違っていないように思えた。

その小さな紙の文字は手書きをコピーしたもので、何度もコピーを繰り返したのか劣化していた。それに鉛筆のように濃淡が筆圧によって変わる文具で書かれたのかかすれてしっかり見えない部分もあった。

特に問題になっている顔のような文字は繊細な文字で点や線が異様に多い、漢字の画数で言えば50画はあろうかという文字であるのに、文字のちょうど口元の辺りが見え辛くなっていた。

「ねえこれさ、ここの部分の印刷がかすれてるからどっちとも読めちゃうんじゃない？」咲がさすがに文章で仕事をしている者の発言をする。

「なるほどね、ここの大事な部分がかすれてるからどっちとも取れるのかもな」信義はなんのてらいもなく感心するのだった。しかし、かといって咲が耳栓を奥まで入れるべきか奥まで入れないべきかその答は出ていないのだった。

「奥まで入れないことにする」咲は宣言する。

奥まで入れちゃって取れなくなったら困るけど、怖いのは我慢すれば良いだけの話だからというのが理由だ。信義も一応納得した、どっちにしろ自分は頭に手ぬぐいを巻いただけの無防備さで森に挑まないといけないわけだから。

ネバネバした地獄製の耳栓はビニールにくっついて剝がすのに少し苦労した。何しろ指の先にもネバネバくっついてしまう。指についても、指の方にネバネバが残らないのはせめてもの救いだった。咲はその蒸しすぎた餅のように柔らかい耳栓を自分の耳に入れるのが嫌だった。

咲はもともと耳の中が怖いと思っていたからだ。普段からあんまり耳掻きもしたくなかった。自分の中に見えない穴があるのは怖かった。図鑑の類や医学書のようなものを見てみてもいまいち自分の耳の穴がどこに通じているのか釈然としないのだ。それが怖かった。

だから耳栓を入れるときも控えめに耳のほんの入り口のところに置くぐらいの気持で入れた。確かに周りの音は聞こえにくくなったように感じる。草のすれる音や風が葉を揺らす音などが聞こえなくなった。

代わりに自分の中で鳴っているような音が聞こえる。何か狭い空洞に閉じ込められでもしたような、貝殻の中にいるような、音。

それは上手く言えないのだが血の震動が聞こえているようにも思えた。

「どう？　良い感じ？　咲のバカ」信義が咲の前で手を振りながら訊く。

その声は咲には丸聞こえだった。

「普通に聞こえる」

「なんだよ」

「でも、くぐもって聞こえる」

「普通の耳栓と変わんない？」

「普段あんま耳栓しないから分かんないけど、なんか違う気がする」

「どう違うの？」

「分かんないけど」咲はしゃべっていて自分の声が耳元でする感じがどうにも気に食

わない。まるで自分がもう一人居て耳元で囁《ささや》いているようだ。

その感じを信義に伝えてみたら、「ああ、テープに録《と》った自分の声ってなんか気持悪いよね」とまるっきり的外れではないのだけど、的を射ているかと言われるとそうでもない反応をするので面倒くさくて適当に肯いた。歩き出す。

緩い坂になった細い道を歩く。


ソーダ水のような匂いがし始めた。

森の入り口には赤い小さな実が、赤いといってもオレンジがかった赤ではなく、本当の赤、本当の赤がどんな赤か分からないんだけど、とにかく自然に見たことのないような鮮烈な赤い実がひとつの大きな房にみっしり生《な》っている。

ソーダ水のような甘い匂いはどうやらその実からするようであった。咲は耳に栓をしている分、鼻が利くような気がする。

風が吹くとその赤い実の匂いが運ばれてきて、むせ返るように甘い。

「この実かな?」信義が赤い実を指差す「食べれると思う?」と続ける。

そういえば二人は出掛けに昨日茹でたアスパラガスの残りを腐らすとあれだからと、

一人1本にも満たないくらいの量摘《つま》んできただけだったから、空腹だった。

「やめなよ」それでも咲は信義を制する。

「うん」信義は少し考えてそう応え、右手で実のひとつを摘むように触れてみる。

「やらかい？」咲が訊く。

「思ったより硬いや」そう言って信義はその赤い実に対する食欲を、それで失ったみたいだった。

　赤い実の木は二人よりも少し背が高く、細い幹は実の重さでしなって、道の両脇に立ってアーチを作るように生えている。その奥は暗い森だ。

　信義は立ち止まり確認するように咲を振り返る。咲は肯いた。

　二人は再び歩き出す。二人ともニヤニヤしている。結構怖い気持なのだけど、なにせ自分たちで勝手に来ているわけで、誰に強制されたわけでもない。この状況を楽しんでいるというスタイルは保っていないと何か申し訳が立たない気がする。何に申し訳を立てる必要があるのか分からないけど、とにかく、ニヤニヤしているだけでなんとなく楽しい気持になってきた。

　二人は森に入っていく。

この森に一歩足を踏み入れたらもう絶対振り返ってはならないのだ。

2本平行についた轍は、森の外から続いていて信義はその左側の車輪、咲は右側を歩く。いつの間にか二人は並んで歩いている。

「暗いね」咲が言う。信義は逆に感じていた、思ってたより明るいな、でも、面倒なので「そうだね」と応える。

ゆっくりした上り坂は緩やかに蛇行していて湾曲の先は木の陰になっていて見渡せない。

細い木が多い。木の幹につたのような植物が巻きついていて、細い幹を少し太く見せている。

森の中には草がほとんど生えていないで代わりに濃い緑のビロードのような苔がみっしり生えていた。まるで緑の絨毯のようで、たまに白い岩がそこから突き出ている。苔の絨毯が音を吸い取っているのか森は静かだった。耳栓のおかげかもしれないけど。

信義はふと振り返りそうになり、あ、振り返っちゃまずいんだったと思い返す。

しかし、但馬さんに「振り返ると大変なことになりますよ」と言われただけなので、振り返ることに全く、強い禁忌の気持を持っていなかったから、平気で振り返ろうとしてしまう。

そういえばどうだろう？　普段の生活からそんなに俺は振り返るという行為をしたかったっけ？　普段道を行くときに振り返ろうなんてすることとあったっけ？

「振り返るな」と言われたことでなんか逆に振り返るという行為が特別になった気がして、急にあの娘《こ》が気になりだした思春期の頃みたいに、振り返ることが気になりだした。

振り返るとまではいかないよう気をつけて首を振り隣を歩く咲を見る。咲も信義がこちらを向く気配を感じて、ちょうど信義を見たところだった。

「振り返ったらどうなるんだろうね？」信義が言う。咲は耳栓の所為で少し聞き取り辛く、「うん？」という顔をしたが、すぐに聞き取れた部分の言葉から信義の意図を読んで応えた。

「なんかすごいことになるんでしょ？」

「なんだろう」少し大きい声でしゃべる信義。

「さあ」

森はますます鬱蒼としてくる。ときどき木漏れ日がスポットライトのように苔むした地面を照らす、するとそこに何か現れるのじゃないか、と思い、ふと歩みを止めて眺めてしまったりするのだ。何も現れないけど、それはそれで綺麗な光景だった。

「人が居ないね」信義が言う。それが響いたような気がする。

「うん」咲は肯くついでに声を出す。

信義はこちらを見ていなかったから、声を出さずに肯いてつい、信義が咲を振り返りでもしたら大変なことになると思ったのだ。

咲は信義が振り返らないように出来るだけ信義のぴったり隣を歩くようにしていた。信義も同じ考えと見えて咲の隣を歩く。信義はいつの間にかスーツケースを左手に持ち替えていて、二人の肩は触れ合わんばかりに近かった。

咲はさっきから何か変な不安というか、圧力のようなものを背後から感じていて、但馬の言いつけを守るとかいう前に後ろを振り向きたくなかった。

後ろで音と振動がする。何かを倒したような音だ。音から推測するに木が１本倒れたようだった。そう大きな木ではないが、人の背丈よりは大きそうだった。

「振り返っちゃいけないんだよね」信義が咲に言う。

「駄目だよ」

歩き始めてしばらくしてから咲はずっと変な感じがしていた。同じものを信義も感じていたが、二人はそのことについて触れることが出来ずに、今のところ無言で対処していた。というのも、二人の後ろに誰かがついてきているようなのだ。

一人ではない。話し声もする。咲は耳栓をしていたので、ほとんど聞こえなかったが、信義には聞こえる。しかし、何を言っているかまでは聞き取れないのだ。そのうち足音も聞こえるような気がしてくる。

二人は知らぬ間に早足になってはいたが、日頃の運動不足からか、すぐに息が切れる。咲は自分の息遣いの音が激しくなるおかげであとからついてくる者たちの声を掻き消していることが、嬉しかった。

あとからついてくる者たちは二人のすぐ後ろにいる。ピタリとあとをついてくる。何か内容までは聞き取れないような声で話をしている。

その話の中にたまに信義や咲の知っている単語が混じっている。例えば「浦澤が」とか、「あの五反田の」とか、凄く気になる。

特に浦澤は咲と信義の共通の友人で、特に親しいというわけではないが、いつもその挙動が二人の話題に上り、浦澤の話をしていると時間を忘れるというくらい二人にとっては興味の対象だった。その浦澤の話を後ろの者たちがしていると思うと、ちゃんと聴きたくなる。それで二人とも耳を澄ませるのだが、内容までは聴き取れない。

咲はもう耳栓とかしない方が逆にストレスたまらないんじゃないかと思っている。

「今、浦澤の話してたよね」

「うん、私、耳栓してるから聞き取り辛いんだけど、してるよね」

二人の会話は後ろの者たちに筒抜けで、二人が何か話すと、聞き耳を立ててるみたいに後ろの者たちも静かになる。それがストレスで、二人は会話もし辛い。

そのうち、後ろから「わー」とか「ばんざーい」みたいな歓声が聞こえ出す。

後ろの者たちが物凄く増えている。ここは森である。なのにまるでどこかの大都市の大通りをパレードしているかのような歓声だ。

ついてくる。

やがてその歓声は最高潮に達する。何か凄いものが到着したに違いなかった。

咲は力士の優勝パレードを想像していた。

信義は国王みたいな人のパレードを想像している。

とにかく後ろは凄いことになっている。

「なにが来たんだろう？」咲は大声で話しかける。

「何かのパレードみたいな感じだけど」信義が応える。

「うわー、思ってたよりしゃくれてないんだ」と聞こえる。

「なにが？　なにが来てるの？」咲が言う。

「ねえ、振り返って良い？」信義が訊く。

「駄目だよ」

二人はうずうずしている。ガタガタ荷物を引きながら、我慢強く森の中を歩くが、後ろからパレードのようなものがついてくるし、見たくてしょうがない。

信義は、足元に目を落として歩く、それでどうにか振り返らずに後ろの光景が見れないか、首を前に出して覗き込むように自分の足と足の間を見るが、踏み固められた土の道が見えるだけだ。

「駄目だよ」咲が言う。

「え？」信義は聞こえない振りをした。

「うらさわー」「うらさわ、ばんざーい」というような声が聞こえる。

「うらさわ？　浦澤くん？」咲が確認するみたいに信義に訊く。

「そう聞こえたけど」

「確かにあの子ちょっとしゃくれてるよね」

「だけどなんで地獄で浦澤がこんなに歓迎されてるんだよ」

「知らないよそんなの」

後ろでは歓声に混じって良く分からない獣の声もする。

「暴れるな」とか、「痛い痛い」とか、どうやら変な獣に誰か噛みつかれでもしたようだ。

獣の咆哮《ほうこう》が聞こえる。

信義はその咆哮から恐竜みたいなものを想像した。

なにが起きてるんだろう。どうしても気になる。しかし、音だけスピーカーみたいなもので流しているのかもしれない。それにしては随分リアルな音だった。

足元からどうにか後ろが見れないだろうか。なんとか踵《かかと》の後ろの辺りまで見えるだけだ。少し陽のあたるところに出ても音は止まない、まだ足元を見ている。

と、影がチラリと見える。

やっぱり後ろに居る。音だけじゃない、何かがついてきている。信義は咲を見た。

咲も信義と同じものを見ていた。

「良いんじゃない？」信義が言う。

「知らないからね」

森の中を歩く咲と信義は立ち止まる。

後ろの者たちも立ち止まる。急に先頭の方が止まったので動揺しているのが分かる。

罵声が聞こえる。

「良い？」信義が訊く。

「良いよ」咲が答える。

後ろのざわめきが大きく聞こえる。そして、振り返った。

静寂。

何もない。

森しかない。

二人が通ってきた森だ。誰も居ない。

二人はしばらく立ち尽くした。

「何もないじゃん」咲が言う。

「本当だ」

「どうしよう」

「大変なことが起きるんだろ」

何も起きなかった。静かになった森があるだけだ。

「騙されたのかな？」咲が言う。

「何に？」

「分かんないけど、地獄に」

「うーん」

「振り返ったから消えたのかな？　それとも最初からなかったのかな？」

「分からないね」信義はそう言って、スーツケースに腰掛けた。

咲は耳栓を外そうと指先で外に露出している耳栓の端っこを摘み引っ張る。

右耳の耳栓を外す。手のひらにくるむ。

左耳に右手を持っていって左の耳栓を外そうとする。

左の耳栓が伸びる。

「わあ」信義がそれを見て驚いた。20センチぐらい伸びている、今や30センチだ。

「なんだこれ」咲も驚いている「どうしよう？」

「耳は？」信義が近づく。

「平気だけど、すごく伸びる」咲はそう言ってさらに耳栓を伸ばす。50センチくらい。

耳栓が縄跳びの縄みたいにクルクル回りだす。

「何してん何してん」信義は咲を止めようとする。

「違う違う勝手に」咲は信義を見る。

耳栓が暴れてる。

「わ」信義は少し離れる。

「取って、取って」咲が叫ぶ。

耳栓が咲の手から離れる。

ピンクの筋肉みたいにビヨンビヨン暴れ回り、咲の耳から出ている。

信義は少し笑いそうになった、ということはそう大してそれは危ない状況ではないように見えたのだった。

耳栓は咲の耳から飛び出した、地面でミミズみたいにウネウネ暴れると、体勢を整えてずりずりと這いずり始め、飛び跳ねて移動する。そのまま苔の下に潜って分からなくなった。

咲は笑った。安堵からくる笑いであったが、笑う以外に選択肢も見つからないし。咲が笑ったので信義も笑った。それで咲はムッとして笑うのを止め信義を非難するか、すねてみせることも出来たが、そういうことをする気力もなかったので、信義に合わせてさらに笑ってみたら楽しくなってきて、嫌な気持は忘れた。

服も乾き、風が心地よいくらい。咲は風を受けて、自分が汗をかいていたことを知る。

後ろの者たちは一体なんだったんだろう？　全く意図が読めなかった。

信義は再びスーツケースに腰掛ける。

「大変なことって、耳栓が生きてることだったのかな」咲も信義の隣に座る。お尻をくっ付けて座った。

「まさか、違うだろ」

「分からないけど、なんかすっきりしたような気もする」咲は耳に何か残ってないか小指を突っ込んで調べている、卵とか産み付けられてたらどうしよう。

「そうだね、なんか安心したみたいな、あー良かったって感じがする」

「私さ、歯が抜ける夢を良く見るって言うじゃん？」

「うん」

「それで目が覚めてああ夢だったかって思ったとき安心するのね」

「ああ、分かるわその感じ」

「それのときみたいな感じがする」

「そうか」信義は肯いて、二人はそんなようなことをしばらく話した。

「行こうか」

「うん」

拍子抜けしたように二人は笑顔で、やがてどちらともなく立ち上がり、歩き出した。

「夕飯何が出るかな」

「でも、その前にお昼ご飯食べなきゃね」咲は歩きながら但馬さんにもらった地図を広げる。

森を抜ければ温泉街に着くはずだ。森の出口はもうすぐ先に見えてきている。

目の前に明るい場所がある。植生が変わったのが分かる。低い木が増えてくる。

やがて森を抜けた。

低い木や草が生えている。道は舗装されている。咲たちの来た細い道は森を抜けたところで急に太くなっているのだ。

太い一本道はゆっくり蛇行し緩やかな上り坂になっている。

すこし先まで見通すことが出来たが、温泉街らしい街並みは見えない。山に続いているようだ。

「あれー?」咲は右手に持ったままになっていた地図を広げて見直す。今度は信義も覗き込む。咲のスーツケースの上に地図を置く。

「今、この森を抜けた辺りでしょ?」咲が地図を指差す。

「うん」

「抜けてすぐのところに温泉街があるはずなんだよね」

「ないね」

二人は体を起こして辺りを見渡した。温泉街らしいものは見つからない、どころか、人の気配すらしない。

「やられた」

「え?」

「大変なことってこれじゃない？」信義はそう言ってスーツケースに座った。

咲も信義の隣に座る。信義は頭の手ぬぐいを取るとパンパンと空中に叩きつけ、几帳面に畳んで自分のショルダーバッグに入れる。

その際目に入ったスーツケースの底にこびり付いた濡れた土を指先でほじり取っている。

「乾いてから取れば」

「ああ、うん」

二人はスーツケースに並んで座る。

森を抜けたその場所は陽が照っていて暖かい。なかなか気持良い。

「どうしよう？　迷ったってことなのかな」

「そうみたいだね」

「地獄で迷子か」咲はそんなに落ち込んでいない「行こう、お腹減った」立ち上がり、信義を促した。

「行くか」信義も立ち上がる。道は一本しかないから、進むしかない。

二人は歩き出す。道は緩やかに蛇行していて、タイヤのあとはまだついているから、全く人が来ないというわけでもなさそうだ。

「こっちで良いのかな」信義は不安そうに言う。

「さあ」咲は能天気だ。いつもは逆なんだけど。

信義は重いスーツケースを引いてるんだから弱気にもなろうというものだ。これで間違ってたから引き返すなんてことになったらショックは大きい。

幾つかのカーブを曲がると、道の両脇にはまた木々が生い茂り始めた。

しかし周りの樹木に手入れされたあとが見える。果実が生っていて、網が張り巡らされていたりする。

「果物畑かな？」咲はのんびり言った。

「なんだろうなあれ？」信義は食べることしか考えていない。

「蜜柑《みかん》みたいだけど」

「変な形だな」

木に生った蜜柑は細長いヘチマみたいな形をしていた。

「食えるのかな？」信義はそう言って、果物の木の方に近づいていった。咲は途中までついていったが面倒なので待っていた。

「蜜柑だった地獄蜜柑」信義はそう言いながら走って戻ってきた。

## 地獄人

果物畑を抜けると、谷あいの道に出た。

左手に小屋がある。青いトタン屋根の粗末な小屋だ。横には古めかしい車が停めてある。ボンネットのある小さいバスみたいな車で、オフホワイトの車体はところどころ塗装が剝げ赤い錆《さび》が浮かんでいる。

咲も信義も車に興味がないからあんまりどうでも良いと思ったが、それは地獄の車で地獄でしか流通してなかったから車好きなら興奮したかもしれない。

この小屋には人が住んでいそうな気配、例えば小屋の横に地面から立ち上がった水道があり、蛇口の下の辺りにちょっとした水溜りがあったりとか、小屋の横にレモンガスのボンベがあったりした。しかし、人は見えない。

右手にも小屋が見えてきた。こっちの小屋は非常に粗末な造りで、小屋というよりは休憩所のようだ。

3枚の壁がコの字に立ち上に少し傾斜したトタン屋根が載っている。道に面した正面は木の雨戸が半分閉じていた。もう半分は開け放たれており、中に布団が積まれているのが見えた。裸電球が天井から下がっている。

「なんだろうあれ？」

「畑仕事の休憩所じゃないかな」信義はそう言って前方を見やる。

道の両脇は畑に囲まれている。その奥は山だ。

咲はその光景を懐かしく思った。咲の実家の近くは畑でなく田んぼであったけどこんな雰囲気だった。なんとなく違うのは咲のところは平地で抜けの良い景色であったのに比べて、この地獄の景色は山に挟まれて閉塞感があることだった。

小屋の横に差し掛かる。

小屋には布団だけでなく色々な廃棄された物々が置いてあった。それは置いてあった。決して棄てられてはいなかった。分かり辛いと思うが、廃棄されたようなもの、例えばカラオケ店の看板だとか、タイヤのない自転車だとか、折れたビニール傘、座面が破れた椅子、良く分からない黒い袋などが小屋の中に置いてあるのだが、それはそこに廃棄されたのではなく置いてあるように見えた。

咲はその感じを信義に説明してみようかと思ったが、共有は難しいと考えて、言うのをやめて代わりに「休憩所じゃなさそうだね」と言った。

「そうだねなんか、なんだろう、色んなものが置いてあるけど」信義も奇《く》しくも咲と同じことを考えていたようでやっぱりそれは棄ててあるのではなく、置いてあるように感じていた。しかし、二人とも棄ててあることと、置いてあることの具体的な違いについては明確に言い表すことは出来なかった。ただ、棄ててある物よりも、置いてある物の方が不気味ではあった。

山あいにあるためか陽があまり差し込まない。見上げると道の脇にそびえる山の上の部分は陽の光に照らされて白く明るい、山の中腹辺りからは鬱蒼と暗く、二人のいる道はその暗い部分の中にあった。

細くなった道を行く。

畑にペットボトルで作った風車《かざぐるま》が無数に刺してある。

ペットボトルのお尻にハサミを入れて開き羽根を作り、飲み口のところに針金を刺して風が吹くとそこを中心に回るように作ってある。羽根は赤や黄色や紫のマジックで着色してある。

緩い段々畑になっている。各畑の四隅には細い鉄の杭《くい》が刺されており、その杭と杭の間を白いビニール紐で繋いで結界にしている。

「何の畑だろう？」

「なんか描いてあるけど」二人が近づくとそれは写真で、畑の四方に張られたビニール紐にテープで猫の写真が貼り付けてある。

それが数十センチおきに貼ってある。全部違う猫だ。その畑は耕されたばかりという雰囲気で、畑の端に小さな紫色のトラクターが停めてある。

「お墓かな？」咲が言う。

「畑でしょ」信義が当たり前の答をする。

そんな光景がしばらく続く。

咲は鼻歌を歌っている。信義も釣られて同じ歌を歌ってしまいそうになり、なんとなく癪で、それをしないために辺りを色々見ている。

代わり映えのしない畑が続いている。目の前の畑に目を留めた。畑の茶色い土に白い何かが露出しているのだ。

信義は驚いた。

それは良く見ると、猫の頭の部分だったのだ。二人は立ち止まる。

「猫が埋まってる」咲が言う。

猫は土から首だけ出しこちらを見ている。良く見るとあちこちから猫の首が飛び出していて、皆こっちを警戒するように見ている。時々、あくびをする奴や、舌で口の周りを舐《な》める奴も居る。

「猫畑だ」信義はつぶやく。隣で咲が肯く。

「猫を植えて育ててるんだ」信義は咲を見て続ける。

自分のショルダーバッグからTシャツでくるんでおいたカメラを出すと、スイッチを押す。ジーと小さい音がしてレンズが繰り出される。信義はカメラを構えて猫畑を何枚か撮った。

咲も写真をと考えたが、信義が撮ったから良いやと思う。それに咲のニコンはスーツケースの中にあるから出すのも面倒だった。信義がシャッターを押すたびにフィルムを巻き上げるモーターの音がする。

そういえばさっきからずっと鳥の鳴き声がしない。辺りには木々のざわめきだけがあった。

「地獄の猫は畑で穫《と》れるんだね」信義が面白そうに言った。咲はゾッとしなかった。相変わらず畑にはペットボトルで出来た風車が設置されていて、それらは全部同じ方向を向いているから、ひまわりのようだった。

風が吹く。ペットボトルの風車が一斉に回り出す。カラカラ音がする。右から、左から、前から後ろからカラカラカラカラと音がする。

二人は顔を見合わせた。怖すぎて心細すぎて面白くなる。どちらからともなく笑う。多分一人だったら泣き出してたかもしれないけど、なんかこういうのも旅の醍醐味《だいごみ》だとか思えてしまう。

ニャーと声がする。

「今、鳴いたよね」信義が言う。咲には猫の声は聞こえなかった。信義を見て首を傾げてみせる。ニャーとまた声がした。ニャーはビャーのように激しかった。

「猫産まれたんじゃない？」信義が畑に目を凝らす、奥の方の畑で1匹の猫が畑の土から上半身を出して両手で地面を押している。抜け出そうとしている。力を込めた。

びゃー

猫は叫ぶと、どうにか全身を土から抜き出した。

「産まれた」信義が言う。

猫は、体についた土を舐めて取ると、ブルブルと体を震わせ残った土を飛ばす。チラリと信義たちの方を見て一声鳴くと、山の方へ歩いていってしまった。

「私、地獄の人たちの目的が読めない」

「え？　どういうこと？」

「畑で猫育てて、なんか得すんのかな？」

「分からねえなあ」

「逃げられちゃってるし」

そこかしこにプレハブ小屋のような家が建ち始める。家と家の間隔は広いが、数は結構ある。人は相変わらず居ない。

「凄いねここ」咲は興奮してきていた。

「廃村なのかな」

「でも畑なんかちゃんと手が入れられてるし、なんだろう、村の時間が止まったみたい」咲は自分がこの場所を村と呼んでいることに気付く、ここは村なんだろうか？

「ねえ、ここってなんなんだろう？」

「地獄だろ」

「そうだけど、地獄の何なのかな？　村なのかな」

「村……　どうだろう、村は別にあってここは畑だけなのかもよ」

「でも道は私たちが通ってきたところしかなかったよ」

「え、どういうこと」

「いや、私たち行き止まりから来たでしょ」

「そうか」信義はそう言って考え、「じゃあ、逆なんじゃない？　俺たちが逆流してるんじゃない？　こっちの人たちは向こうから来て俺たちの来たところに向かって歩くんじゃない？　だから、俺たちの向かってる先が村なんだよきっと」

「なるほどね。でもさ、じゃあこっちの人はみんな行き止まりに向かってるってこと？」

「そうなるね」

「なんで？」

「え、知らないよ、なんか、意味があるんじゃないあの行き止まりに」

「意味があるって？」

「分からないけど、道の先にある行き止まりの広場ってなんかありそうじゃない」

「ああ」と咲はそれだけ言って、信義の考えに感心した。

信義は適当にしゃべっているだけだろうが、意外と良い線いってるんじゃないかと咲は思った。良くは分からないけど、道を行った先の行き止まりの広場には何かありそうな雰囲気がする。

咲はそんなことをぼんやり考えながら歩いていた。

道は再び太くなり舗装された道路となった。

道路を歩く。しばらく道路の端を二人は歩いたが、道の真ん中を歩いても車は来ない。

何もない、わけではないのだけど印象としては何もない。

つまり目に付くものが何もない、その状態が何か不思議で信義は何枚も写真を撮った。こんなのあとで見ても面白くないよ、と咲は言いたかったが、なんか可哀想な気もしたし、せっかく楽しそうだったし、それに信義がその、あとで見てなんでこんなにこんなところの写真を何枚も撮ったんだろうっていう感じが好きだって昔言ってたことがあったようなことをぼんやりと思い出していたから、言うのを止めにして、信義の代わりにスーツケースを引きながら、信義の後ろについていちいち立ち止まる信義が一体何を撮っているのか、何に興味を持つのか観察して歩いた。

但馬からもらったざっくりした地獄の地図によると振り返っちゃいけない森を越えるとすぐに温泉街のように描かれているが、咲たちは振り返ってしまった。温泉街どころか建物すらほとんどない。たまに四角い何かの倉庫か工場のような建物が現れるが、人が居るのか動いているのか良く分からない。

信義がその建物のひとつに偉く感心しているようで立ち止まってカメラを構えながら「良いなあ、あ、でも、あ、どうしよう」とか言いながら立ったり座ったり近づいたり離れたりしている。咲はスーツケースに腰掛ける。

「あごめん」それを見て信義が言う。咲はそれには応えず「何撮ってんの？」と訊いた。

「いや、あの建物かっこ良いでしょ」と言う。

それは、四角を幾つか積み上げたような建物で銀色の大きな管が建物中に、まるで内臓が飛び出したみたいに絡み付いている。かっこ良いっちゃ良いが、別段取り立ててもてはやすほどのものじゃない。大きなタンクのような丸い銀色がその天辺《てっぺん》に載っている。

こういう馬鹿みたいな夫の姿をそういえばしばらく見ていなかった気もする。私たちの生活はなんだか随分味気ないものになっていたのかな。だけど、しょうがないんじゃないかとも思う。だって味気なくても機能的でないととても生活なんてたちゆかない。

生活の味は無駄なものだったり予測不可能なものだったりするけど、そういうのを上手く取り込んでいくには余裕が必要なんだ。

そういえば最近私たちの生活には余裕がなかったんじゃないかな。元からそんなものなかったのかもしれないけど、なんか必死になりすぎてたように思える。

信義は道路にはいつくばって写真を撮っている。

旅行っていいな。と咲は思った。それにまだこの旅は始まったばかりだ。まだまだ続くと思うとうんざりもするが、嬉しくもある。

ときどき、いや、けっこう頻繁にかもしれないが、咲はなんとなくボーっとしている隙に何かが、この場合の何かは時間、特に残された時間のことなんだけど、それは時間のように捉えどころのないものではなくて、何か具体的な獣のようなものに姿を変えてというか、獣のようなものみたいに思えて、けれどそれは多分時間で、時間が、ぼんやりしている間に咲を置いてどんどん走っていってしまい、その時間の獣と咲との間が離れれば離れるほど咲は老いていくような、なんとも説明し辛い感覚を持つ。

ちなみにその獣はイノシシに似ていて、イノシシではなく、恐ろしい顔をしているのだけど、常に咲より前にいるから咲はその顔を見たことがない。

風が吹いている。

風が汗に濡れた肌から熱を奪っていく。そういえばさっきから何度も風を感じている。風を感じるなんてのもあんまりなかったな最近。

工場のような建物の周りに生えた背の高い草がざざと音を立て、甘い匂いが運ばれてくる。

「ねえ、サトウキビの一種なんじゃない」咲は離れたところで四つん這いになっている夫に声をかける。

「え？」信義は振り返りもせずに、問い返す。

「サトウキビ」もう一度大きく叫ぶ。

信義は体を起こし、辺り一帯に生えた背の高い草を観察して「そうかもね。なんで？」と言う。

「甘い匂いがする」そう言って咲は大声を出すのが面倒になったのと、座っているのに飽きたのとで、信義に近づく。

信義は振り返って咲を迎える。「そろそろ行かないとやばいかな」信義が言う。

「そうだね」と咲は言うが、焦った様子はない。ゆっくりと辺りを見回してみる。早く宿に着いてゆっくりしたい気持がないわけじゃない。だけどこの立ち止まっている時間はなんか良い気がして、それで出来るだけ焦燥感に飲まれてしまわないように、ゆっくりと雄大に振舞ってみるのだった。

信義は地面に座る。咲も隣に座った。道に座るのは気持が良い。座っちゃ駄目、といつも思ってるからかな。座った視線の先が何かに向かって続いている感じが楽しいのかもしれない。

信義がショルダーバッグをごそごそ探っている。

パンを出した。

「あれ?」

「持ってきた」

フランスパンだ。昨日帰りにとうきゅうで買ったのだった。信義の父親は山が好きで、父が若かった頃は家族で良く山に登った。そんなとき父は必ずフランスパンとチーズを持っていったのだ。それだからか、信義は旅には大抵フランスパンを持っていく。ほとんどの場合そのまま家まで持ち帰り、家でつぶれたパンを食べる結果になるのだったけど、それも何か旅の一環のような気がしていた。

咲は信義のそんな習慣をなんとなく知っていたが、地獄にまで持ってくるとは思ってなかった。

「正解だろ?」信義はそう言って、15センチくらいのフランスパンを半分咲にくれた。アルミに包まれた三角のチーズも一切れくれた。

チーズとパンを食べる。

「美味しい」咲は、本当にそう思った。

「ね」信義は嬉しそうにパンを噛んでいる。

静かだった。パンを噛む音が口の中から聞こえる。信義がまたショルダーバッグを探っている。ヘチマのような蜜柑を出した。

「あ」咲はビックリした。

「地獄蜜柑」

「持ってきたの」

「うん、食べてみたくない？」

「大丈夫？」

「分かんないけど」

信義はもう地獄蜜柑を剝《む》き始めている。ヘチマ形の蜜柑を剝いていく。白い部分が多い。上の方はほとんど白い部分だ。

「あれー？」全て剝き終えてみたけど、実がない。皮と白い部分しかないのだった。

二人は笑った。

地獄蜜柑は皮と白い部分を食べるもので、皮は甘酸っぱく、白い部分はクリームみたいな味がする。合わせて食べても、別々に食べても本当に美味しいのだけど、二人は口をつけずに捨ててしまった。もったいない。

　しばらくボーっとして、立ち上がる。

「あんまりモタモタしてて暗くなっちゃったら困るしね」

「そうね。でも、地獄なかなか良いなあ」信義はそう言って歩き出す。

「なんもないけどね」

「なんもないってことはないんだよ」と信義は図らずも何か含蓄のありそうな言葉を吐くが、実は何もない。

　二人はまた並んで歩く。

「ほら、甘い匂いしない？」

「うん？」信義が鼻を澄ます。鼻を澄ます、という表現の有無は置いておいて、信義は顔を左右に振る。

「この匂いかなあ？」

「甘い匂い？」

「甘いかなこれ」

「むせそうな匂いだよ」

「じゃあこれだ」

「あの草から匂ってきてんだよ」

「ホントに？」信義は半信半疑で、道の両脇にある背の高い草の方に近づいていった。

咲も立ち止まり、行くかどうか一瞬迷った末、信義のあとに続いた。

背の高い草は、青い低いネットで囲まれていて、さらに道より一段高いところに植わっているから、近づくにはその段差を駆け上らないといけない、段差はきつい坂になっていた。高さは1メートルくらいだろうか。信義は咲を振り返りニヤリとする。上る気だ。

坂から少し離れ信義はネットを留めている木の杭《くい》めがけて段差を駆け上った。

2歩くらいのことであったが、普段運動から離れている信義にとっては結構なことだった。

杭に摑まる。ネットは段差ギリギリのところにもうけてあるから、足を置く場所は爪先分くらいしかない。杭に両手で摑まって咲を振り返る。

咲は笑った。

別に面白くもなかったが楽しくて「なにやってんの」などと言った。

信義は咲に笑い返して、左手だけ離すと手を伸ばして背の高い草の先を摑む、ぐいと引っ張ると草は大きくしなった。そうして1本の草が他の草から区別できるようになると、群として見ていた草をやっと1本の草として見ることが出来るようになった。

二人は草を例えば森のようなひとつの塊として見ていて、今こうして1本引っ張って見てみることで初めて、それを1本の草として見ることをしたのだ。そんなことどうでも良いことのように思えるのだけど、二人はなんとなくそのことに感慨を抱いた。ただ通り過ぎていたらその草がどういう形をしているのかさえ、定かに思い出せることが出来なくなっていただろう。

草は大きな細長い葉で地面から真っ直ぐ上に向かって生えている。引っ張って1枚の長い葉がかなり下の方までしなったところから察すると、草は葉だけの草で、その葉は細長く、筒状に丸まっており、その上に次の葉が丸まって重なり、さらに次の葉というように入れ子状に出来ていると推測できた。物凄く細長いキャベツみたいな感じか？　そんなのは見たことなかった。

咲は辺りを見回す。見つかったら怒られるに決まってる。

さらに力を入れて引っ張ると信義の摑んだ葉っぱがズルズルと下まで剝けた。信義は、途中から葉っぱの抵抗が弱くなることを予想できていなかったため、随分体重をかけていたようで、葉っぱを持ったまま段差を駆け下りる形となった。

葉っぱの先を摑んだまま、道路に立っている。青いネットの上に葉っぱが引っ掛かってネットを押し下げている。

「びびった」咲を見る。

咲は信義に近づいて笑った。

二人は葉っぱに鼻をつけて匂いを嗅いでみたが青臭い匂いしかしない。

「これじゃないみたい」咲は言う。

信義は手に持った草を少し嚙んでみた。

青い味しかしない。それに不安が作用しているためか、実際そうなのか分からないが、少し口の中が痺れる気がする。慌てて唾ごと地面に吐き出した。

「汚いなあ」

「これ何の匂いだろうね」

信義が葉っぱを手放しても葉っぱはだらりと道路の方に垂れたままで、それはなんとなく可哀想に見えたから二人はまた、歩き出した。

遠くに風車《ふうしゃ》のようなものが見える。７基ほどあった。まだまだ遠い。

地図を見ると、温泉街の近くに風車が描かれている。

「あの風車を目指していけば良さそうよ」

「迷ってなかったのか」

「どういうわけか反対側に居るんだけど私たち、この地図通りだと」

緩やかな傾斜を上る。道の両脇にはいつの間にか電信柱が等間隔に向こうの方まで並んでいる。

喉が渇いたので持ってきたペットボトルのお茶を飲んだ。二人で５００ミリリットルのを１本しか持ってこなかったのは失敗かもね、などと話す。

風車の手前に鉄塔が何本か立っている。背の高い鉄塔で、何かの線で繋がっているわけではなさそうで、ただただ立っているように見える。東京タワーみたいに網々《あみあみ》で色は茶色っぽい。

「あれなんだろう？」

「どれ？」

「鉄塔」咲はさっきからスーツケースを転がしながら歩いている、空いた方の手で鉄塔を指した。

「何かなあ」信義はそう言ってカメラのファインダーを覗くが、信義のカメラには広角のレンズが付いているから鉄塔は凄く小さくしか写らない、それでもっと近づいてから撮ることにして、撮るのをやめる。

「なんか昔使われてて今は使われてないとかなんじゃない？」信義が適当なことを言った。

「昔何に使われてたの？」

「知らないけど、なんか……分かんない」

空は薄く曇り始めている。

「なんか東京に似てるね」咲はそんなことをぼんやり言った。

「どこが？」

「なんか空とか」

「ええ」信義は咲のその発言を詩的な何かだと思い、ちょっと信じられないという素振りをした。

「いや、分かんないけど、曇り方とか」詩的に思われるのも癪なので弁解しようとするが上手い表現が思いつかない。

ただ、なんとなく東京の空もこんな感じでいつも曇っているようなイメージなのだ。

しかし、言いながら咲は、この地獄の空が東京の空とは全く違って見えることに気付いていたし、自分の発言の意図を測りかねていた。

スーツケースを転がす音がゴロゴロゴロゴロ聞こえる。

寒くも暑くもない、湿度は少し高いけど、気持が良い。左右に背の高い草が生えているが、目の前の視界が開けていてそれだけで気持が良い。

なんで東京の空と似てるって思ったんだろう?

「空なんてどこも一緒じゃないの? 場所よりかさ季節とか、気温とかそういうのに左右されんじゃない?」信義が言う。

「まあ、そうなんだろうけど、ちょっとそう思っただけ」咲は信義とのこのやりとりが面倒になった。

「あ、見て」咲が前を指す。

二人は緩い坂を上り終え、それはちょうど階段で言えば踊り場のような平地で、そこからさらにまた緩い上り坂が続いていて鉄塔や風車はその先にあるんだけど、ひとまずそこで上り坂はいったん終わっていて、前方が見やすくなっていた。

咲が指差した先には大きめの小屋があり、いや、もう大きさからいうと小屋じゃないんだけど造りは小屋で、この建物をなんと呼べば良いのか分からないのだが、牧場なんかにある平屋の建物に似ていて結構大きい。

屋根は緑色で傾斜があまりついていないところを見ると雪は降らないんだろう。それが道の右手奥にある。左手はやはり例の背の高い草である。右手にも同じ草が植えてあるんだけど、どうも感じが違う。

二人が少し早足に道を進んでいくと、なんとなく全体の様子が分かった。

道の右手の畑は一段低いところに作ってあるようなのだ。

ちょうど水のないプールのような場所になっている。小屋の前に階段があり、そのプールのようなところに下りられるようになっていて、プールの中に草が茂っている。

草はみっちり茂っているわけではなく、隙が多い。

咲と信義はちょうどその巨大なプール状の場所の、小屋と反対縁に立って見下ろしている。プールの深さは地形によって一定じゃないけど、おおむね2メートルか3メートルくらいだろうか。

「なんだろう？　なんか貯水池か何かの跡なのかな」咲がメガネを押し上げて言う。

「どうだろう？　これ掘ったとしたら結構大変じゃない？」

「そうだね、でも自然の地形っぽくはないよね」

「うん」信義はショルダーバッグを肩にかけ腕組みしている。「小屋まで行ってみる？」

咲は考えた。小屋まではこのプールを迂回《うかい》していかないといけない、それは結構な距離だった。「うーん」今考え中であることを知らせるためうなり声を上げる咲。

信義はそれを聞いて咲を見るのを止め、プールに目を移した。

草の陰で何かが動いている。

「ねえ、なんか居るよ」

「え、嘘？」

「ほら」信義が指差す。二人から結構離れているが、確かにプールのところに何か居た。それは黒い毛皮で覆われた獣みたいなものだった。

「山羊かな」

「山羊っぽいね」信義が目を凝らす。

「ねえ、結構居るよ」咲が興奮して言う。良く見るとその獣はプールのそこかしこに居るのだった。二人のすぐ下のところにも居る。信義はプールの縁のところにしゃがむ。背の高い草の頭が見えて、その下に獣が居る。

「飼ってんだ」

「そうみたいね」咲もしゃがむ。覗き込んでいると、草の根元をかじっていた獣が、草を飲み込むためか上を向く。咲たちと目が合う。獣は意に介さず、草を食《は》んでいる。その目はマイナスネジの頭みたいで、蛸《たこ》の目は見たことある？　目蓋が縦についていたと思うんだけど、そういう目だった。

顔の形は山羊に似ているが何か変だ。良く見ると耳がない。黒く耳のない獣。それに、足が凄く短いように見える。この位置からだからそう見えるのかなと思っていたら、後ろから獣の子供が寄ってきて、やはり足が凄く短い。歩くのもやっとといった感じでトコトコ歩く。

「それで柵がないんだ」咲はさっきから、ここに柵がないのが不思議だった。しかし、あの短い足では坂は上れまい。だから、深いプールのような場所に飼っておけば逃げ出せないのだ。

「なんか可愛いね」その歩き方は可愛らしかった。信義はそう言ってポケットからカメラを出して構える。

「でも、なんだろうこれ」

「地獄の山羊だろ」

「ねえ、さっきの甘い匂いしない？」

「あ、本当だ」甘い匂いは地獄の山羊から立ち上ってくる。

「この生き物の匂いだったんだ」

「へえ、やっぱベトベトしてんのかね」信義は適当に会話しながら写真に夢中になっている。

地獄山羊の親子は草を食んでいる。

子供の地獄山羊は信義と咲に興味を持ったようで、こちらに近づこうとする。しかし、ほぼ垂直の段差に隔てられてこちらに寄ってくることは出来ない。その姿を感傷的に見れば、なんて可哀想なの、と思えるが、二人には愛らしく見えた。

咲と信義は微笑み合って地獄山羊の親子を見ている。

「甘い匂いだね」

「そうね」咲はその匂いを思い切り吸い込んでみた。どこかで嗅いだことがある匂いなのだ。

吸い込んですぐは、あまりの甘さにむせたようになり、繊細な部分まで分からないが、しばらく待つと後味のようなものが残り、それは何か懐かしい匂いに似ていた。

多分キャラメルだ。

「ねえ、キャラメルの匂いに似てない？」

「ああ」信義は大きく肯いてみせる「あれだ、キャラメルポップコーン」

咲はキャラメルポップコーンを知らなかったし、ただのキャラメルのことを言ったんだけど、まあいいか。

二人は飽きもせずに地獄山羊を見ている。かといえば、そろそろ飽きてきた。大体二人同時に飽きたのだけど、お互いに気を遣ってまだ飽きていない芝居をしばらく続けているので、もういいんじゃない？　とお互い思いながらまだしばらく見ている。

信義が遠くを見出す。それで咲も、あ、この人も飽きてるんだと思う。

「なあなあ」信義が咲を振り返る。

「なに？」

「あれ」

信義は指差さずに、チラリとその方向を見る。

その視線の先、プールの底に人が立っていた。こちらを見ているようだ。赤い。ゆっくり近づいてきた。二人の存在に気付いたのだ。咲と信義は緊張する。何か変だ。その人は短パンにエリのある紺のシャツを着ている。

それに、赤いのだ。

「肌が赤いよ」信義が囁く。

「ホントだ、病気かな」

「さあこっちの人は赤いのかもね」

「どうする？」

「怒ってるのかな？」

「だって、怒られるようなことしてないでしょ？」

「そうか」

赤い人はどうやら男で、髪の毛は黒くボサボサ、顔は別に大きくも小さくもない、顔の感じは日本人的だともいえるけど日本人でも結構濃い方の顔だ、パッチリした二重で、髭《ひげ》が濃い、口は大きく、イライラした表情を浮かべている！

「怒ってるよ」信義がビビりだした。

「え、嫌だな」

「ごめんなさい、って、どう言うの？」

「知らないよ、まだ早くない」

赤い男はもう二人の足元にまで迫っていた。地獄山羊の親子が警戒するように男から離れる、トコトコ距離を取って男を見ている。

「おいここのころやめろいうののがかおにないのか」

赤い男が大声を出す。地獄山羊が逃げる。何言ってるか分からないが、物凄く怒っているように見える。

咲と信義は赤い男を見下ろしていることでかろうじて平静を保ってられるが、心臓周辺はバタバタ言っていた。

「怒ってるよ、怒ってるよ」信義が小さく言う。

「どうする？　どうする？」咲は珍しく信義の右腕にすがる。

「謝っちゃおうぜ」

「おい」赤い男が叫ぶ。

「はい」信義が応える。

「おめこのごころこのいいかげんおう、おう」赤い男は、赤い手を伸ばし、傾斜を上ってこっちに来ようとする。信義たちは見ているしかない。

信義はあんまり背も大きくないし痩せているが、赤い男も別に大男というわけではない、二人でかかれば勝てるかもしれない、などとも考えたが、そんな慣れないことを急に出来るわけがない。

信義はこんな状況にあんまりなったことがなかった。

こういう状況を想像したことはあり、こういう状況というのはつまり、咲と二人でまあ咲でなくてもいいのだけど、女の子と二人で何か怖い目にあって、そういうときに俺はその子を守ることが出来るのだろうかとか、そういうことを良く想像していて、結構、そういう状況になっちゃったらなっちゃったで、体も心もちゃんと必要なことをするだろうと想像していたが、全く無理だ。体がすくんで動かないし、心はパニックを起こしていて今の状況すらしっかり把握出来ていない、それでも何の力かは良く分からないけど、とりあえず一歩前に出て咲を後ろにかばうだけのことはした。

咲の方が実は冷静で、赤い男の理不尽な怒りに対してムッとしていた。

上ってきたら怒鳴りつけてやろうと思っていたけど、赤い男はなかなか上ってこない。上ろうとしてはいるのだけど、土を摑んでは崩れ、ずり落ち、まるで蟻《あり》地獄の中の蟻のようである。大きな声を出しているだけで上ってこれない。

そのうち二人は大分落ち着きを、特に信義の方が、取り戻してきた。

「逃げちゃう?」咲が言う。

信義は肯いて、咲のスーツケースを持とうとする、咲は「平気」と手で制して自分でスーツケースを持つ、二人はそろそろと、プールから離れ元の道に戻ろうとする。

「おい」と赤い男の声がする。

プールの方を見ると、赤い男たちが数人、いや、数十人、こちらを向いている。皆、思い思いの格好をしているが一様に赤い、それらが咲と信義を見ている、あとずさる二人を見てドンドンこちらへ、プールの縁の方へやってくる。

「うわ、うわ」信義が言っている。

咲はそれで大体信義の気持を察して、なぜなら咲も同じような気持だったから。二人は早足でその場を離れる、やがて走り出す。

スーツケースを引く咲が遅れる。信義が振り返ると、赤い人たちは追ってはきていない。

「なんだったんだろう？」

「全然分かんない、地獄大丈夫かしら？」

「俺たち、地獄を甘く見てたのかな」

二人はそこで座り込みたかったけど、とにかく離れたかったから早足で、息をはあはあ言わせて歩いていく。


鉄塔が立っている。何の意味があるのかは分からない。

その先に風車が見えて、町らしきものが見えた。立ち止まる。

「町が見えるよ」

「本当だ」咲は信義のショルダーバッグからお茶のペットボトルを出す。怖くて後ろを少し確認し、赤い人がついてきていないのを確認すると一口飲んだ。信義にも渡す。

「ありがと」信義はペットボトルを受取ってそれを飲む。

ふと鉄塔を見た。それで、止まった。

「どうしたの？」と言いながら咲も鉄塔を見る。上に誰かいる。10メートルあるかないかの鉄塔である。その上に誰かいる。こちらを見ている。

二人はうんざりした。今度の人は青いのだ。顔を見合わせる、と高い声が聞こえた。風に遮られて聞き取り辛い。しかし、青い人はにこやかな表情を浮かべているし、声にも険がない。

「あれたいへんなんだったの？」と言っている。「大変だったね」というような意味か？

信義が曖昧な表情をしていると、鉄塔をするする降りてこっちに近づいてきた。

子供みたいに見える。青い女の子だ。

ジーパンに変なロゴの入ったピンクのTシャツを着ている。青い肌にピンクだから目がチカチカするが、笑顔が敵意のないことを示しているとはいえ、さっきのこともあるから、咲と信義は警戒を解いてはいなかった。

女の子は近づいてきながら地獄の言葉で話しかけてくる。ゆっくりと話しかけてくる。良く良く聞いてみると、なんとなく何を言っているか分かる。

「赤い人に話しかけたら危ないですよ。観光ですか？」と言っているように思える。

それで信義は一応「はい」と応えてみた。

女の子は「へえ」という顔をして「温泉街に行くの？」と訊いてきた。

青い肌は海みたいな色で単色の青ではなく光の加減で濃淡が出来る。髪の毛は黒く、肌の質感などは若い女の子のそれだった。

「温泉街は遠い？」咲は逆に訊いてみる。

「歩くんだったら大変よ」

「どれくらい？」

「あと、2時間はかかるんじゃない？　歩いたことないから分からないけど」

「そう」咲と女の子は日本語と地獄語、それから身振り手振りで話し合う。信義にもその会話の内容は大体理解出来た。

「遠いな」信義は咲に、会話の内容が理解出来ていることを示す意味も込めてそんなことを言う。

「でもしょうがないじゃない」咲が言う。

「送ってあげましょうか？」青い女の子はそう言うのだった。

「いいの？」

「だって歩くの大変でしょ？」

「そうだけど」

「私ヨシコ」

「どうも……咲です、こっちは信義」

「どうも」信義が中途半端な笑顔を作る。

「よろしく」ヨシコはそう言って少しおじぎして二人を見る、人懐っこい笑顔だった。

## ヨシコ

咲は窓から流れる景色を見ていた。

車の中は甘く、少し刺激のある、どことなく化学的な匂いが充満していた。多分、地獄の芳香剤だと思われた。

気持が悪くなりそうだったので、出来るだけ遠くを見ると良いという大分前に受けた忠告を今実践しているのだった。メガネを外して、目蓋の上から目をマッサージする。

1・5人ぶんくらい隙間を空けた隣で信義は半分眠りそうになりながら、それでもやはり外を見ていた。今朝は早かったから。

良く考えてみると今朝家を出てからまだ数時間しか経ってないのだった。

随分長いことこちらにいる気がする。初めての土地でずっと緊張していたからか。

これじゃあ休日なのにちっとも心休まらない。

信義はそこまで考えて、それでも自分が今なんだか楽しい気分になっていることに気付いた。自分の表情が今、知らず知らずのうちにニヤニヤしてるんじゃないかと、慌てて口元に手をやってみた。口は開いていたがニヤニヤしているわけではないみたいで、それに、たとえニヤニヤしていたとしてもそれはそんなに悪いことじゃないと思いなおし、今度はニヤニヤと窓の外を見た。

一本道である。周りには背の高い草が茂り、たまにプールのようなくぼみがあると、そこには地獄の山羊が飼われているはずである。

本当は今頃はもう地獄の温泉街でのんびり散策でもしているはずだったのに。

ヨシコは青い。ピンクのTシャツにジーパンを穿いている。

ヨシコの車は温泉街に向かっているはずである。

年を訊いたら11だと言う。車を運転している。

地獄では子供も車を運転していいのだろうか？　地獄の言葉は非常に良く出来ていて地獄語を知らない咲や信義にもなんとなく意味が理解できた。しかし、それは単純な会話のみであって少し複雑な、例えば「地獄では子供も車を運転していいのか？」などという質問はなかなか通じないのであった。

咲はそれでも出来るだけヨシコから情報を得ようと色々話しかけてみたが、会話が細やかなニュアンスを必要とする段階に至ると全く通じなくなる。

色で言えば、白黒や、3色か4色くらいまではお互い分かり合えるのだけど、それが6色になり12色になり、24色にでもなろうものなら全く通じない。

咲は日本語であれば１６００色でも２４００色でもいけると思っている。

それが、3色に限定されて会話しないといけないわけだから、普通にしゃべるよりも何倍も疲れた。ヨシコの方でもそれは同じであろうけど、彼女はなかなか粘り強く焦りや苛立《いらだ》ちとは無縁に思え、そんなヨシコを相手に言葉が伝わらない苛立ちを募らせている自分を感じると、気恥ずかしいやら大人げないやらで余計疲れるのだった。

咲も信義も地獄の住民であるヨシコとの会話に疲れて窓を見ていた。

ヨシコは小柄で痩せている。青い肌がなおさら痩せて見せるのかもしれない。

それが運転席に座ってこの大きな車を運転しているのを見ると、何か冗談のように思える。車を従えるにはヨシコは小さすぎるように見える。

時々荒々しくブレーキを踏む。野良なのか、飼われているものが逃げ出したのか、地獄の山羊が急に道に飛び出してくることがあるのだ。そのたびにヨシコは舌打ちをして、窓を開け何か怒鳴る、すると、山羊は行ってしまう。そんなことが2回ほどあった。

ヨシコの話では、咲と信義は結構危ないところだったらしい。何しろあの絶対振り返ってはいけない森で振り返ってしまったのだから。

地獄の赤い人に会って無事だったのも本当に運の良いことだという。あのときもし、赤い人たちと咲たちの間を斜面が隔ててなければ、二人は今頃無事では済まされなかっただろう、ということを、なんとかヨシコから聞き出したけど、そういう恐ろしい事実が正確に伝わるまでに何度も変なやりとりを繰り返したため、恐ろしい事実はグサリと咲たちに突き刺さってくる感じにはならず、うすぼんやりとなんとはなしに伝わってきたのだった。

信義は赤い人と青い人の違いに興味を持ったようでその辺を何度かヨシコに質問した。ヨシコは地獄の言葉で答える。信義が日本語で訊き返す。

「赤い人と、青い人の違いはなんなの？」

「あだあかいいひとあぶぶなはいひいとこはい」

それに身振り手振りも加わり、やっとなんとか意味が取れる。だけどヨシコは車を運転しているから、身振り手振りされると信義も咲も怖くて仕方ないのだ。

ヨシコは親切な性格なのか運転そっちのけでこちらになんとか意思を伝えようとしてくれる。信義と咲は気が気じゃないから、ヨシコと話しながらも常に前々と指差しながらの会話となる。

身振り手振りに、前々の仕草が加わるから分かり辛いし疲れるしで、今、車の中は静かだった。タイヤが地面を転がる音だけが聞こえる。

地獄に長く居ると体がだんだん赤か青に変わっていくのだそうだ。

どういう人が赤になって、どういう人が青になるかっていうのは分かっていない。誰も調べようともしないらしい。赤い人は言葉に頼らなくなり直感的になる。ひどく怒りっぽく凶暴に見えるのはその所為らしい。ヨシコは本当は凶暴じゃないというようなことを、伝えようとしているようであったが、その辺の真意は結局は伝わらなかった。

赤い人は人を食べる。と言った気もしたがそれもはっきりしなかった。訊き返してみたが上手く伝わらなかった。青い人はヨシコとのやりとりを総合して信義なりの結論を出したところによると、どうも論理的でそのぶん直感力に乏しくなるようだ。

咲はダッシュボードに載っている布の物体がさっきから気になっていた。

車は古くて大きなもので、地獄の車なのだけど咲も信義も車に全く興味がなかったのでそれが地獄製の車だってことに気付いてすらいなかった。どっかアメリカか何かの車だろうと思っている。

5人乗りの普通車にしてはいちいち造りが大きい。後部座席のシートも深く、一度背中を預けてしまうと起き上がるのが面倒だった。黒い合皮のシートに背中から首から頭まで預けて眠気と闘っていた咲はまたダッシュボードの上の布を見ていた。

コースターかしら。

ヨシコとの会話は随分前に途絶えていたから、新たにまた話しかけるのにはエネルギーが必要だった。それでどうするか悩んでいたが、このままでは寝てしまうし、寝てしまうのはさすがにちょっと怖かったから、隣を窺うと信義は口を開けて寝ているし、咲は反動をつけてシートを背中で蹴って起き上がり運転席と助手席の間に上体をゆっくり滑り込ませた。

ヨシコが振り向く。近くで見るとやっぱりヨシコの肌は青かった。光の加減では深い緑にも見えたが、本来は青なんだろう。それは不気味だった。まあすぐに慣れるだろうと思う。

ヨシコは咲を完全に振り返って「なに？」という感じに微笑む。

運転運転、と思うが一本道だし、まあ大丈夫か、と苦笑いしながら咲はダッシュボードの上の布を指差した。

ヨシコは不思議そうな顔をしてダッシュボードの上に載ったものを咲に渡し「こーすたー」と言った。

「地獄の名産品？」と咲は訊き「地獄のおみやげ？」と言いなおす。

「そう、あかいひとがつくったの」というようなことをヨシコは言った。

そのコースターは赤い人が編んだもので、赤い細い糸で編んであった。何よりその色彩が素敵だった。自然にあるような色で嘘くさくない。まるで内臓のような色だ、と咲は思ったが口には出さなかった。内臓の色なんてそんな知らないし、あまり綺麗な喩《たと》えでもないと思った。

ダッシュボードに置いてあった所為か少し日に焼けて褪《あ》せていたがその階調の豊かさは生き物みたいだ。咲は気に入った。お花の形をしている。

「おはな」とヨシコが言った。

「そうね、かわいい」と咲は言う。

「もらったの」というようなことをヨシコは言って、照れたように前を向いてしまった。

恋人か何かかな？　と咲は思った。もしかすると、恋人は赤い人なのかもしれない。赤い人と青い人の恋愛は認められてなくて、ヨシコはそれで悩んでいるのじゃないか、などとロマンチックな夢想をしながら、あまり踏み込んだことは訊けないなと思った。

言葉がどうしても剝き出しになってしまう。単純な言葉を選んで使うとそういうことになるのだった。気遣いや、微妙なニュアンスなんかは、音の大きさや調子、表情といったものに託さないといけない。ヨシコと話していると自分が表情豊かになっているのに気付く。表情を会話の道具として使うのなんていつ振りだろう。

咲は信義としかほとんど話さないけど、お互い大抵言葉でどうにかしようとする。案外そういうところに原因があるんじゃないか？　などと考えて、原因て何の？　と思い返す。

私たちって上手くいってなかったんだっけ。私、ちょっとそう思ってたのかもな。

また外を見た。

少し景色が変わってきた。さっきからずっと薄っすら曇っている。

咲と信義は旅行代理店の但馬さんからもらった地獄の地図をヨシコに見せる。ヨシコはしばらくその地図を見ている。車は路肩に停めている。

咲は完全に運転席と助手席の間にはまり込んでヨシコと一緒に地図を覗き込んでいる。信義もなんとかそこに加わろうと咲の肩の上辺りにのしかかっていたが「重い」と言われ、今は窓の外を写真に撮っている。フィルムが終わり、入れ替えている。

咲は地図を指差し「いいじま屋、い、い、じ、ま、や」と、今日の宿を指差す。ヨシコはしきりに首を傾げている。咲と同じ、いいじま屋と書かれた宿のマークを指差し「えんぱいあ、えんぺあいあ」と言う。

咲にはこの行き違いの理由は良く分からなかった。だけど、まあいいやと途中から思った。考えられるのはもう、旅行代理店の方のミスか、ヨシコの思い違いかであるように思えた。

とにかく車を出してもらう。行き先は大体分かってもらえたようだ。

ヨシコは青い顔で「ここに行っていいの?」と何度か念を押すように訊いてきた。咲はそれに何か不穏なものを感じたが、とにかくもう行ってみるしかあるまい。車は再び動き出す。

畑はもうほとんどなかった。

たまに家のような建物が見えるようになる。そのうち、家の数が多くなってくる。道が少し入り組みだした。ヨシコがハンドルを切る回数がだんだん増えてくる。

「あこまち」ヨシコが言う。

どうやら町に着いたらしい。メガネの位置を直す。家が見える。咲が信義を起こそうとしたら、信義はもう目を覚まして窓の外を見ていた。

「町に着いたんだね」

「みたいよ」咲はそう言って外を見る。

舗装されていない道路があって、トタン屋根の家が建っている。家々は割と大きくほとんどが平屋だ。

家と家の間隔は狭いが、それぞれに大きめの庭があり、低い塀が隔てている。庭には様々な木々が茂っている。花を咲かせている家もある。

玄関先に出て話している人たちがいる。籐《とう》のベンチに腰掛けてお茶を飲んだりしている。皆青い。

犬がウロウロしている。野良だろう。体はダラッとしていてみすぼらしいが目つきは鋭い。警戒を怠っていない。地獄でも犬は犬なのか。

狭い道を車やバイクが行き来しているのですぐにぶつかりそうになる。

一度は本当にぶつかった。ヨシコは窓を開け、ぶつかってきたバイクの中年男性を怒鳴りつける。中年男性の青い肌は青黒く、皺が刻まれているから見たこともない色合いで、それが手を合わせて謝っている。どうやら、向こうが悪いようだった。

ぷりぷりして窓を閉める。窓はレバーをグルグル回さないと閉まらないから、閉まりきる前にアクセルを踏み、右手でグルグルレバーを回しながら、左手でハンドルを大きく切る。

ごちゃごちゃしているが、喧騒という感じはしない、のんびりしている。

信義が何か見つけて咲の左手を引っ張る。

二人は窓から外を覗いた。

町の左側は丘になっており、そこにも家々が建っている。家の屋根は灰色が多いが、それでも全体の3分の1ほどで、あとは色とりどり、それこそ無数の色がある。あまりに統一感がなくて綺麗とは思えなかった。まるで燃えないゴミを集めたみたいな色の散らばりだ。

信義が咲に見せたかったのはそれかと思ったがどうやら違っていて「煙、煙」と言って指差す。その辺りを見てみると、本当だ、煙が立ち昇っている。良く見ると、それはそこかしこから立っている。

「温泉じゃない？」信義が言う。

「そうかな」咲がさらに観察を続けていると、二人の会話を聞いていたヨシコが割って入ってきた。

「おんせん、けむり」

「すげえ」信義が言った。

ヨシコはその丘の天辺付近を指差す。

そこには塔のような建物がある。随分場違いに見える大きな塔だ。詳細を見て取ることは出来ないが、他の建物と建材の質が違うように見える。咲はメガネをずり上げて良く見ようとした。

「えんぱあえいあ」ヨシコが言う。塔を指差している。

ここから塔を見上げても天辺は見えない。

真ん中で一度細くなりまたそこから上に行くにしたがって太くなっていっている。

砂時計を細長くしたような形をした塔だ。

ヨシコの車は丘を登る。遠くから見ていたよりも丘は急でヨシコの車は大きく蛇行しながら丘を登った。

丘の途中には家々が建っている。先ほどの町の感じとは違い少し余所《よそ》行きというか、着飾った感じがする町だ。といっても、先ほどの町と比べているからであって、咲や信義の感覚からいうとやはりあまり綺麗とも言えないのであった。

たまに物凄く煙が噴出している。

一度、その横を通った。人間二人ぶんくらいの高さの煙突が地面から突き出していて、上から白い煙をもくもくと出している。

煙突自体は白いタイルが張られていて、表面は濡れている。煙突の先から出る煙が液化して垂れてきているようだった。煙突の周りは木で囲いがされている。じっくり見ていたら、

「あつい」と言ってヨシコが、怖い顔をして触った手が火傷《やけど》するという仕草をしてくれた。

「温泉？」と信義が訊くと、ヨシコは肯く。

煙突の周りにはそれを囲むように家が建っていて、中には旅館のような建物もあった。こちらの建物は日本家屋とも、現代の建築物ともちょっと違っていて日曜大工の延長みたいな建物が多かった。石を積んだり、木を積んだりして、屋根はトタンを張ってある。丘の上と下で大分違うようであるが、基本の工法みたいなものは同じに思えた。

そうなるとあの丘の上の巨大な塔がますます変に思えるのだった。そして、どうやら車は塔に向かっている。

近づくとその塔は白っちゃけた柔らかそうなレンガで出来ていた。非常に大きいことが分かる。巨大な円筒は近づくと円筒に見えないくらい大きい。1箇所ぽっかり穴が開いていて、そこから青い人たちが出入りしている。

ヨシコの車はゆっくりとしたスロープを上がり、塔の入り口の前で停まった。正確には停められた。

スーツを着た青い男が立ち塞がり、ヨシコの車を停める。

男はヨシコに向かって何やら言う。どうも難癖をつけているようだ。

咲と信義は顔を見合わせた。

「なんだろう？　なんか怒られてんのかな」信義は心配そうに窓から青い男を見た。

「何しに来たみたいに言われてるっぽいね」

ヨシコはスーツの男に、信義と咲を指差しながら怒鳴っている。

この人たちを連れてきたんだ、というようなことを言っているようだ。

男は、車の中を覗き込んできた。咲と目が合ってハッとしたような顔をした。

青は肌色よりも光を吸い込みやすいからか、暗いところでは表情が読み取り辛い。

目をハッと見開いたのが印象的に見えたのは、肌が青いぶん目の白さが目立ったからだろう。

男はもう一度ヨシコを見る。ヨシコは少し勝ち誇ったように見える。男は少し笑って体を開き、右手で車を誘導する。

ヨシコは塔の入り口に車を停める。咲と信義を振り返り「着いたよ」というようなことを言った。

「ここ？」

「間違ってるよね」そう言って咲はもう一度地図を確かめる。信義がそれを覗き込むと、ヨシコがサイドブレーキを引いて運転席と助手席の間からこちらに身を乗り出す。

　体の小さいヨシコは腰の辺りを運転席と助手席の間に引っ掛けて地図を覗き込み、「いいじま屋」と書かれた場所を指差す。ヨシコの髪からは桃みたいな匂いがする。

「こここ」と言う。

　咲は信義の顔を覗き込んだ。

「ここなんじゃないか？」

「いいじま屋？」そう言って咲は塔の方を見たら、車の外でさっきの男が直立して待っていた。

「とりあえず行ってみて、フロントで調べてもらうしかないんじゃない？」

「何を調べてもらうのよ」

「だから俺たちの名前があるかさ」

「うーん、なかったらどうするの？　そもそもこれホテル？」

「ほてる」ヨシコが言う。咲の言葉をただ繰り返したのか、ホテルの意味を分かってそう言ったのかいまいち分からなかった。

信義は緊張していた。何か自分が試されているような気持になる。お腹の下の方が持ち上がるような感じがする。

いったい俺は何にこんなに緊張しているんだ。と、緊張の源泉を探ることで自分を落ち着かせようと思う。

まずここが見知らぬ土地だってことがある。だけど、ここでなにか失敗しても多分、危害を加えられるようなことはないだろう。本当かな？　でもだって、ただホテルを間違えただけなのだからきっと笑って済まされるだろう。ということは、そういう心配をして緊張しているわけではなさそうだ。では一体なんで俺はこんなに緊張してるんだ。恥をかくのが怖いんじゃないか？　失敗して傷つくのは自尊心だけだ。それも見栄をはる相手はここには咲しかいない。俺はまだ咲に対して格好つけておきたい気持があったのか。俺は咲の前で恥をかきたくないと思っているのか。

それは新鮮だった。咲に対してそういう感情をまだ持っていることは、信義にとって驚きだった。

そうか、意外だったなあ。などとボーっと考えてたら、咲にわき腹を小突かれた。力を抜いていたのと、咲の肘が思っているより尖《とが》っていたのが災いして、信義はかなり痛くてビックリした。思わず咲を見る。咲も自分で思ってたより強く小突いてしまったことにビックリしていたようで、すこしキョトンとしていたから、それで信義は咲を非難することを止めにした。

「行ってみるか」

「うん」

二人は、シートの上に投げ出してあったシャツや、パーカーのポケットから零《こぼ》れ落ちていたフィルムケースなんかを拾い集める。

ヨシコは運転席脇のレバーをひき車のトランクを開ける。

咲たちの荷物を出すために車の外に出る。そこですかさず咲が言う。

「ねえ、やっぱり幾らかあげた方がいいのかな?」

こういうのは一番難しかった。

そういうのに慣れていないのだ、二人とも。信義は考えているような表情をする。こういうときの信義は大抵何も考えていない。考えている振りをして、咲に考えさせようという魂胆なのだ。信義のこのやり方を付き合い始めて数ヶ月で咲は見抜いていたが、信義は未だに多用する。

「じゃあ、はい」と言って咲はお財布から1000円出して信義に持たせる。

「1000円?」

「安いかな?」

「どうだろう?　タクシーだったら3000円くらいの距離だったろう」

「じゃあ、3000円にしとく?」

「うん」

咲はあと2000円渡す。

信義は3000円持って緊張した気持で外に出る。

咲も信義と同じ側のドアから外に出る。

曇っている。少し雨の匂いがする。見晴らしは最高だった。しかし、見るものはあまりない。咲たちが車で上ってきた道が見える。その先に長い長い一本道があり、途中でかすんで見えない。

あの向こうから二人は来たのだ。

ふもとに小さな森のようなものも見える。その反対側には町がある。町の向こうで何か動いているように見える。巨大な何かが動いている。緑色の渦みたいなものが、自転車の車輪みたいに回っている、ゆっくりと、だけど巨大すぎてそれがなにか分からない。ひとつの大きな物体なのか、何か細かいものが無数に集まったものなのか、大気とも思えるほど大きい。

咲はしばらくそれに見とれていた。信義も気付いたようで二人で見ていると、ヨシコが寄ってきた。

「ああんまだめだみるだめだ」

「え？」咲が訊き返す。

ヨシコは目を伏せている、そして首を振って「見ちゃいけない」というような意味の言葉を繰り返した。きっとあの緑の巨大なもののことを言っているのだ。

「何か宗教的なことかな？」咲が言う。

信義は曖昧に肯いて、緑のものから顔を逸らした。

ヨシコは両手に咲のスーツケースと、信義のボストンバッグを持っている。背が低いから信義のバッグは地面すれすれだ。信義は、少しかがんで視線を下げてヨシコを見ると、

「ありがとう」と言った。

ヨシコは照れたように笑う。青い肌にまだ慣れないから、気持悪くも見えるのだけど、それでもハニカムように笑うヨシコは可愛らしかった。まだ子供なのだ。

信義は出来るだけ尊大に見えないように気をつけながらお金を差し出した。そうしてもう一度「ありがとう」と言った。ヨシコはバッと跳ねるように信義を向く。

「え？」というような顔をする。

「送ってもらったお礼なの」と咲は付け足した。少し離れたところでそのやりとりをスーツを着た青い男が見ている。ヨシコはチラリとそっちを見た。

そして、お金を指差し「多すぎる」というようなことを言った。

信義は迷った。そう言われて「はいそうですか」とお金を減らしてもいいものだろうか？　3000円は惜しくなかった。咲の財布から出ているし、旅の途中で気が大きくなっている。しかし、ここで「いやいやまあそうおっしゃらずに」みたいに、3000円を握らすのもおこがましい気がする。

信義は咲を見ていた。咲も同じように困っているようだった。

3000円を挟んで咲と信義、ヨシコは対峙《たいじ》していた。ヨシコも困ったような顔をしている。信義のバッグが重かったのか、それを自分の足の上に置いた。ヨシコはピンクのビーチサンダルを履いている。

信義は「ああごめん」と言ってヨシコから自分のバッグを受取る。ヨシコは割とすんなり信義にバッグを渡した。咲もそれに続いて自分のスーツケースをヨシコから受取る。

そのあとのしばらくの沈黙を破ったのはヨシコだった。

「500えん」と言った。

「500円？」咲が訊き返す。ヨシコは肯きモジモジしている。それでも少し吹っかけたのかもしれない。

咲は信義を見た。信義はちょっと調子に乗っている自分に気付いたが、それに乗ってみるのもいいだろうと思っていたから、1000円札1枚、ヨシコの右手に握らせた。

「色々助けてもらったから」と信義はゆっくり言った。何を偉そうに、と自分でも思う。高々1000円である、しかも咲のお金だし。

ヨシコは困ったような顔をしているが、もうそれを突き返そうとはしなかった。咲はもう一度ありがとうと言って、行こうかという調子で信義を振り返る。信義は肯いた。

　ヨシコが二人を引き止める。早口の地獄語で何か言っている。言い終わると嬉しそうに微笑んだ。二人は一瞬何かとても良いことをしたように感じたが、リアルに色々考えるとこの金がこの子の人生を変えてしまうようなこともあるんじゃないかなんて嫌な想像をしてしまうのだった。ヨシコは、飛び跳ねるようにしている。

　咲が手を振ると、振り返す。咲と信義は塔の入り口の方へ歩いていく。後ろからヨシコが何か叫んだ。「これはやっぱり多すぎるから、今夜、ナイトマーケットを案内するから、ここで待ってる」というような内容だった気がする。

「うん？」と思って詳しく訊こうと思ったがヨシコはもう車に乗って中から手を振っている。そのままUターンさせて、塔の前の道を下っていった。

　スーツを着た青い男が寄ってきて丁寧に二人に頭を下げると、信義のパーカーの裾を摑んで指で軽く擦《こす》った。

　信義はどうして良いか分からずニヤニヤして咲を見る。あいさつだろうか？

　荷物を持ってくれた。ヨシコとのやりとりをじっと見ていたから、咲と信義を羽振りの良い人間だと思ったのかもしれない。

## いいじま屋

とにかくそこは広かった。天井は低い。玄関のちょっとしたホールを抜けると、なぜか天井が一段低くなっていて、信義などかがまないと頭をすりそうだった。信義は170センチないのにもかかわらずだ。

そんな高さで空間が広がっている。見渡せないぶん狭く感じるはずだったがそれでも広かった。大抵の人はソファに座っている。ソファの数も尋常じゃない。テーブルが20脚ほどあってそこに青い女の人が一人ずつ座っている。カウンターのようなものはない。きっとあのテーブルでチェックインなどをするのだろう。

咲も信義もすでにここがホテルだと納得していた。というのも、壁に金色の金属プレートがかかっており、それは地獄文字で「なんたらホテル」と書かれている。なんたらの部分はさすがに読み取ることは出来なかったが、ホテルの部分はどうにか読み取れた。地獄文字は絵文字のようなもので、地獄文字を全く知らないものでもある程度は解読できるのだった。

「なんたらホテル」の表記はちょうど信義の顔の高さくらいにあり、その下にも何か書いてあるのだけどソファやテーブルの陰になって見えない。信義はそれに気を取られてそちら側に歩きかけたが、二人の荷物を持った青い男がそっちじゃないという仕草で立ち止まるので、仕方なく男に従って歩く。

正装して明らかにホテルの従業員と分かる人々は皆青い肌で、それ以外に一組だけ白い人がいると思ったら白人だった。ソファに座っている。太ったオバサンとその旦那であろう初老の男性。その前には荷物が置いてあり、良く見ると、白人夫妻の手前のテーブルに若い白人カップルが座って青い人を相手に何やら話している。きっとチェックインかアウトの手続きなんだろう。

それを見て咲は少し安心するのだった。

咲と信義の荷物を持った青い男は二人をテーブルのひとつに案内した。

青い女性が立ち上がり、二人におじぎして微笑む。若い綺麗な女性だ。

「お座りください」というようなことを言ったようだ。荷物を持ってくれた男は二人に会釈して行ってしまった。お金あげなくて良かったのかな、と信義は思ったが、まあいいかと思う。

二人でソファに座る。物凄く柔らかい。お尻が地面に着くんじゃないかというくらい沈む。思ってた以上に柔らかかったものだから、勢いがついてしまってそのまま後ろにでんぐり返るかと思って焦ったが、背もたれに支えられて助かった。

そんな二人を青い女の人が微笑んで見ている。清楚《せいそ》な感じの人で髪を後ろでギュッとひっつめている、その所為か少し釣り目気味で、いかにも仕事が出来そうだった。

信義はオシッコがしたかった。思えば朝からトイレに行ってないのだから当たり前で、それは咲も一緒だった。

「大木です」信義が言った。

青い女の人はノートをめくって、目当てのページを見つけると、少々お待ちくださいというようなことを言い残して立ち上がって行ってしまった。

なんかやっぱりまずかったかな？　咲はそう思って信義を見た。信義は呆《ほう》けたように宙を見ている。

信義は「トイレ行ってきていい？」と言って立ち上がりたかったが、咲の方がきっとオシッコしたいだろうと思い男を見せる形で「先トイレ行ってきたら」と言う。

咲はバッと立ち上がって肯いた。そして、信義の自己犠牲の精神を理解し、あなた私は先に行くけど待ってるのよ、すぐ戻ってくるからね、という表情でそのまま、近くの青い人を捕まえてトイレの場所を訊いている。青い人が指差した方へ消えた。

信義はソファに深々と座り膀胱《ぼうこう》に出来るだけ圧を加えないような姿勢を取って違うことを考える。

なんとなく息苦しく感じるのは天井が低いからかな。

低いところを青い人たちはあわただしく歩いている。中にはちゃんと立つことが出来ないくらいの大きさの人も当然居て、そういう人は中腰で歩くのだけど、その歩き方もなかなか堂にいっている。楚々とした感じを失ってはいない。中腰だからか自然とすり足のような感じになっている。

青い人たちの顔つきはどこの民族に喩《たと》えて良いか分からない。どことなくモンゴロイド的でもあるし、アングロサクソンと言われればそうだし、メソポタミアンと言われればそうも見える。メソポタミアン？　そんなのあったっけ？　コスモポリタンはなんだっけ？

信義は自分で考えてて良く分からなくなった。

とにかく青い人たちの顔はこれといった特徴がない、凄く直感的な感想を言えば、世界中の民族の血がグチャグチャに混じったような顔だ。未来の人間はこうなるのかもしれない。などと考えた。

体を少しずらしてこの広場の奥の方を見ると売店のようなものもあるようだった。

ゆっくりと見回す。先ほどの金字のプレートが見える「なんたらホテル」その下にも文字がある。それは英語でその下にはフランス語、スペイン語、中国語、ハングル、そして一番下に日本語で「いいじま屋」とあった。

ああ、やっぱりここは「いいじま屋」で合ってたんだと、一安心した信義は安心ついでに膀胱を緩めてしまったようで、危うくちょっと漏らしそうになって、危ねえ危ねえ、キュッと力を入れて止めた。

これヤバいな、行こうかな、と思っていると咲が戻ってきた。

「お待たせお待たせ」

「おうおう、どっち？」

「あすこの奥」

信義は勢い良く立ち上がり、天井に頭をぶつける。ゴ。と割と大きな音がして何人かの青い人がこちらを見たがすぐに何事もなかったように、働き出した。

信義は歩き出す。咲は信義に何か言いかけたが、信義は腰をかがめてすり足で足早にトイレに向かった。

地獄文字でトイレと書いてある。その下に男の絵が描いてあり、穴が開いている。信義は高さ1メートルほどの穴を這いずるようにしてくぐった。

便器が並んでいる。駆け寄るようにして位置につく。

ああ、助かった。

大きく息を吐く。便器のオシッコがあたるところには黒い円が描かれており、信義は知らず知らずにそこを狙った。ここも天井が低いから首を傾げてする。

便器には地獄文字でＴＯＴＯと書かれていた。すげえなＴＯＴＯ。

随分溜まっていたのでなかなか終わらない。退屈してきたので辺りを見回してみる。随分広いトイレだ、小便器がずらっと並んでいる。右にカーブしていてさらに奥があるようだった。奥は暗い。

周りはタイルではなく白っぽいレンガで、床は木の板だった。木は随分古いようで用をたすときちょうど足を置く場所が少し沈んでいた。

　オシッコを終え、手を洗おうと洗面所のところに行くと、鏡が上に行くに従って反り返るように湾曲している。また、洗面所の横のところに巨大な爪切りが置いてあるのだ。

「なんだこれ」信義は思わずポケットからカメラを出してそれを写す。

　巨大な爪切りは爪というより指でも切りそうな大きさで盗難防止の細い鎖で壁に繋がれている。地獄文字で「ご自由にお使いください」と書かれているのだが、その上にある字が理解出来なかった。人の頭の上に爪切りを当てているような文字だ。髪の毛でも切れってことだろうか。そういえば、爪切りの刃は従来の爪切りの刃とは逆に、出っ張るように湾曲している。

　信義はその爪切りのことを考えながら咲のところに戻ったら、咲はソファにほとんど埋まるように座り、薄ら青い小太りの男と話していた。

　小太りの男は他の地獄人と比べると青みが薄い。

「いいじま」と名乗った。咲は立ち上がって会釈しようとしたが、ソファが柔らかすぎて立ち上がれないでいたら、いいじまは手で咲を制し「ああ、そのままで結構ですよ」と言った。流暢《りゅうちょう》な日本語だった。

いいじまはこのホテルの日本人担当らしい。

「日本人のお客さんは本当に少なくてねえ、残念なんですが」と言う。

「はあ確かにあんまり知られてないですもんねえ」などと適当なことを言うが、咲だって偶然地獄の存在を知って、暇だから来てみただけで、特に地獄に対して強い関心を持っていたわけじゃなかった。

「どうでした地獄の町は？」

「ええ、あの私たち、ちょっと、あんまり、ちゃんとしたところを通ってないというか」咲が言葉を濁していると、いいじまはそれで大体を察したらしく「ああ、振り返っちゃいましたか」と言う。

「ええ、まあ」咲はなんとなく怒られるかもなあ、と身構えたが、いいじまはニヤニヤしているだけだった。

良く見ると鼻の下に薄っすら髭を生やしている。薄ら青い上に髭も薄っすらだから良く見ないと分からない。まあるい目は人なつっこそうで、ニヤニヤ笑うといやらしくも見えるが、悪い人間には見えなかった。

「良くご無事でしたね」などと言う。

「危ないところだったんですか？」咲は事態が良く分かっていないことが伝わるように言った。

「ええ。赤い人には？」

「会いました」

「捕まってたら大変なことになっていましたよ」

「どうなるんです？」

「さあ、何かの材料にされてしまうという言い伝えがあります」

「言い伝え？」

「ええ、赤い人たちは言葉をなくしてしまっていますし、下手に刺激すると何してくるか分からないですから、なぞが多いんですよ」

「はあ」

「芸術的には凄く優れているのでね、おみやげ物なんかは赤い人たちが作ったものが、喜ばれるんですが」

「じゃあ、繋がりはあるんですね？　繋がりと言うかなんと言うか、こう、交流と言うか」

「ええ、もちろん」いいじまはそう言って、立ち上がって信義を迎える。

それで咲は信義がトイレから帰ったことに気付いた。

二人はいいじまの案内で部屋に通された。広い部屋だった。スイートってやつだろう。

ここは22階だったけど困ったのは階段しかないことだ。荷物はいいじまが持ってくれていたが、途中からあからさまにハーハー言い出したので、信義は自分のショルダーバッグは自分で持つことにした。

信義はトイレの大きな爪切りのことを訊いた。いいじまはハーハー言いながら「あぁ、あれは角切《つの》りですよ」と応えた。

部屋に着いたときには目眩《めまい》がするほどだった。何せ、22階に着いてからも廊下を延々歩かされるのだ。それに加えて天井が低い。

いいじまになぜこんなに天井が低いのか？　と訊いたら「この建物を建てた当時の人間は皆今の人間よりも大分小さかったんですよ」などと言った。信義は冗談だと思って少し笑っておいたが、どうもそういうつもりではないらしかった。

階段は、歩いてみた感じでは塔の中心辺りにあり、各階のフロアーはらせん状になっていてそこに部屋があるようなのだけど、頭の中でそれをイメージしようとしてみても、複雑すぎてちょっと明確にイメージできない。

「外出なさるときは必ずお申し付けくださいね」いいじまが念を押すように言った。

「あのご飯は？」信義はお腹が減っていた

「いつでもご用意いたしますが、いかがいたします？」

「どうする？」

「私は結構お腹減ってるけど」

「俺も」

「どうする？」咲が信義に言う。

「何が？」

「ヨシコちゃんが迎えに来てくれるでしょう？」

「そうか。あの」

「はい」

「ちょっと地元の人と待ち合わせがあって、それでマーケットを案内してくれるそうで」

「ああ、そうですか、それは良いですね、お気をつけて行ってらしてください」

「ああ、ええ、あの、それで、時間を決めてなかったんで、ご飯食べてからで大丈夫ですかね」

「ええ、ええ、ナイトマーケットは大体8時くらいからぼちぼち始まってたけなわを迎えるのは10時過ぎですから、9時過ぎにこちらを出たら良いですよ。お待ち合わせは当ホテルで？」

「ええ」咲が言う。

「でしたらお名前伺っといて、お迎えがいらしたらお呼びしますが」

「ああ、じゃあそうしてください」

「なんでしたら先にお風呂をお使いになったらいかがです？」

「そうしようかな」咲は信義を見る。

「あ、あの温泉ですか」信義が訊く。

「ええ」

「じゃあ温泉行こう」咲に言う。

「そうね」

「温泉は47階と98階にございます、24時間やっておりますが、夜中は多少の危険が伴いますので、良ければ、ご夕飯の前にでもお使いになられたらいかがですか」

「47階」信義はげっそりする。

「47階全てが温泉ですので迷うことはないと思いますが、ご自分の身はご自分で守るお覚悟を」そう言っていいじまは、咲と信義の目を交互に覗き込んだ。

二人は肯くしかない。

「では1時間ほどしたらお食事の用意に伺いますね」といいじまは微笑んで扉の方へ歩く。

「あ」と言って急に振り返り、勢いで天井に頭をぶつけるがそれにはかまわず「お金は下で両替してください、こちらのものは大抵1円あれば買えますから、お金は1円玉に両替なすっておくと便利ですよ、お釣を用意してないお店がほとんどですから」

と言って去っていった。

高さ1メートルちょっとの木の扉が閉まる。

それを見届け、咲は朱色の絹のようにきめ細やかな布で作られたソファに腰掛ける。

信義も隣に座る。

「ねえ、さっきの1000円、やっぱあげすぎだったんだね」

信義も同じことを考えていた。信義の概算では「俺の計算だとさ、1000円で100万円くらいの価値があるんじゃないのかと思うんだけど」

「ええ、なんで」

「だって、1円で大体なんでも買えるっていうと、まあ、1円が1000円くらいの価値だろ」

「うーん」

「そうすると、1000円かける1000で、100万円」

「マジで？」

「分かんないけど」

「どうしよう」

「ねえ、一人の少女の人生を狂わせかねないよな」

「うん、だってこの建物も異常だもんね」

「うん」信義は肯いた。二人の言う異常とは、このホテルの豪華さであった。

馬鹿みたいに豪華である。

「地獄のゴウカ」と信義は口に出してみた。咲は笑わなかった。笑うと馬鹿になった気がするからだ。

しかし、やっぱりちょっと笑ってしまった。それほど豪華なのだこの部屋も。天井は低いけど床面積は半端ない。町内会レベルであれば運動会が出来てしまうくらいの広さだった。そこにソファやキャビネット、冷蔵庫のようなもの、ベッドなどがある。

二人はソファの背もたれに頭まで預けてのけぞるようにして逆さまに部屋の中を見ていた。深い緑のビロードの絨毯が敷き詰められている。そこに赤や青や朱色や水色の家具がある。センスが悪いと思う。しかし、どれひとつとってもしっかりとしたものであるように見える。

「どうする？」咲は信義の方を向いた。なんとなく信義に触れたくなったので。ポンと手を信義の膝の上に置く。それでなんとなく照れくさく感じた。

「温泉行こうよ、せっかくだから」

「そうね」咲はそう言ってゆっくり体を起こした。

信義は立ち上がりウロウロと部屋を見ている。無駄に広いので詳細に見ていったら何時間かかるか分からない。広すぎて迷惑だと、宿に来て感じるのはもちろん初めてだった。

咲は冷蔵庫の中身を見るために扉を開けた。冷蔵庫は腰くらいの高さのもので中にはオレンジジュースやビール、それからおつまみのようなものがプラスチックのコップに入って置いてあった。

おつまみのコップを出してみる。密閉されていて地獄文字で「おつまみ」と書かれている。中には茶色いものがびっしり詰まっている。焼きそばかな？

信義が覗き込んでくる。

「焼きそばかな？」そう言って信義にそれを渡す。

「違うんじゃない？　なんか輪ゴムみたい」

玄関の扉の横にはクローゼットがあり、もちろん高さは全然ないんだけど、かがめば歩いて中に入れるようになっている。観音開きの扉を開けると、電気が点《つ》いた。

そうそう言い忘れていたが、二人の部屋の電気は薄暗い。なぜかというと天井が低いのが一番の理由なんだけど、部屋の中央にシャンデリアが吊ってあり、明かりが隅々までいきわたらない。

シャンデリアは巨大で二抱えほどあり下の部分は床に着いている。これもまた無駄にキラキラしていて目障りだ。

で、クローゼットの中にもシャンデリアが吊ってあるのである。

しかし、もう完全に床に着いてしまっている。全体を見るとぶどうの房のような形をしているシャンデリアは床に着いて途中から派手に曲がっているから気にかかる。

クローゼットはそのシャンデリアを中心にした円筒形で、天井をらせん状にレールが走っており、そこにハンガーがかけられている。驚くべきことに、ハンガーにはすでに何着もの衣装がかかっていて、それは多岐にわたっている。

いろいろな国の民族衣装。和服もある。見たこともない国の服もある。椰子《やし》の繊維で出来た腰みのもある。それからかなりゴージャスなドレス。燕尾服。タキシード。鼓笛隊の服。猟師の服。羽根帽子。あげていったらきりがない。

信義が一番興味を持ったのは野球のユニホームで地獄文字でチーム名が入っている。

咲は浴衣を手に取って、生地を指で揉んだりしてわかりもしないのに、品質を調べるような真似をしてみた。

「これどういうことだと思う？」信義は笑いながらユニホームのかかったハンガーを外す。ズボンからアンダーシャツまで全てひとつのハンガーにかけられていた。

「好きなのを着てくださいってことみたいだよ」

咲の指差す方を見ると地獄文字で、ご自由にどうぞと書かれている。

「本当だ」

信義はユニホームが気になって仕方がないようだ。

「あんた、それ着る気？」

「着ないけど、どうしようかな」

「どうしようかな？」

「これで温泉行ったら変かな」

「変でしょ？　どう考えても」

「お前どうすんの？」

「え、普通に浴衣で良いかな」

「こんなのあるよ」信義は深緑のスパンコールドレスのかかったハンガーを外した。裾が床に着いている。

「温泉行くんでしょ？」

「うん」


結局、信義は野球のユニホームに着替え、足元はビーチサンダルを履くため靴下は穿かなかった、野球帽は迷った末かぶった。

咲は浴衣を着てジーンズを脱いだ。温泉に行くのでコンタクトを入れて、メガネをケースにしまう。

信義は首を傾げて立っている。そうしないと天井に頭がつっかえてしまうのだ。咲は別に傾げなくても多分当たらないんだけど、頭の天辺の髪の毛の数本が天井にたまに触れたりしてそれがかなり気持悪いので、傾げることにしている。

二人で階段の前に立っている。手ぬぐいを提げて。

「行こうか？」

「うん」咲がそう言って二人は階段を上り始めた。

階段は薄暗い。これ以上暗いとちょっと歩けません、というギリギリの明るさだった。

らせん階段で30階を過ぎた辺りから、舗装されていない。

階段を舗装というのも何か変だが、最初は白っぽいレンガであったがだんだんとそのレンガが崩れているような部分が増えてきて、そのうち、レンガが残っている部分の方が少なくなり、階段は土が段状に踏み固めてあるだけのものになり、30階を過ぎる辺りになると段が曖昧になってきてほぼスロープのようになっている。

木の根のようなものがところどころに飛び出していたり、レンガの破片が落ちていたりするから何とか上れるようなものである。

「大丈夫なのかな?」信義は荒い息を整えながら言った。咲はハーハーしながら、首を横に振る。

「ちょっと休む?」

咲はハーハー言って信義を見た。野球のユニホームを着ている。多分38階くらいまでは来ているはずだ。

信義が肯く。真剣な顔をしているが、ユニホーム姿なので何かムカつく。

二人は廊下に出てみることにした。

38階の廊下は二人の部屋のある22階の廊下より明らかに暗かった。

廊下自体が大きならせんを描いているから、奥の方までは見渡せないが、奥に行くにしたがって暗くなっていそうな雰囲気だった。

二人ともその階を探検してみようという気持にはならない。

静かな空気である。空気が静かであると言った方が適切か。空気に揺らぎがない。固まったようだ。咲は自分の荒い吐息が、この静やかな空気を掻き混ぜてしまわないか、心配になった。例えばこの廊下をスーッと横切るだけでも、この世界を大きく変えてしまうんじゃないかという怖さがあった。ここはまるで本当の深海みたいだ。流れも何もない。

凄いところに来てしまった。

咲はそう思っていた。

そういえば旅行ってそんなところがあるな。38階の廊下の空気みたいな日常を掻き混ぜるような。凄いところに行くっていうのは、日常に厚みを持たせるというか、まあ、そんな爺臭いことはあんまりどうでも良いんだけど、慣れたらぶち壊したくなるような気持が私にはあって、結婚するときも、付き合っているという状況に慣れすぎてそれをぶち壊すような気持があった気がするし、だけど、今度は結婚生活に慣れてしまったら私たちは、離婚するしかないのかなんて考えたこともあったけど、子供を産むとかもまあぶち壊しの一種だな、面倒だから嫌だけど。そうなるとやっぱり比較的簡単に起こせるぶち壊しはやっぱり旅行なのかもしれない。凄いところに来てしまった。日常に比べたらどこでも凄いところだよね。

こうなったらとことんこの状況を楽しむしかないと思っている。思いは信義も同じと見える。

「行くか」なんて大きな声で言ってみる信義に咲は従うことにした。

40階を過ぎた頃にはもう足が完全におかしくなっていた。

だから、一歩踏み出すのに両手で膝の裏のところを持ち上げて上る。信義の方にはまだ多少の余裕があるようで、先に数歩上まで上っては咲を待っている。

咲は仕事上、普段からほとんど座りっきりの生活をしているのだった。

「あとひとつ」信義が叫んだ。

咲は何度も温泉をあきらめることを考えていたが、(47階－22階)÷2＋22階＝34・5階を過ぎた辺りから、ここで引き返したら損するという考えになり、そこからは絶対に温泉にまでたどり着いてやるという気持でやってきた。

「あとひとつ」咲もそう言って歩く。らせんを歩きすぎた所為で目も回っている。

二人は並んで上った。らせん階段なので、インコースを歩いた方が得するような気がするから咲が内側を歩き、信義は外側を歩いている。

47階の明かりが見えてきた。少しもやがかかっているように見える。きっと温泉の湯気なのだ。湯気はなぜか赤みがかっている。

「ほらもうすぐ」信義が言う。

咲の浴衣は乱れ、襟はほとんど重なっていないような状態で、胸元は丸出し、パンツもかなりの確率で丸出しだったけど、誰もいないしもう良いやという気持でいた。

気にするのは信義の方だったから「浴衣、浴衣」と言う。

お前は野球のユニホームの癖にと心の中で信義に毒づき、それでも仕方なく浴衣を着なおす。

二人は47階についに到着したのだった。

## 温泉地獄

「う、うわー」それが信義の第一声だ。

「ひ」これが咲の第一声。

47階はまるでビーフシチューの鍋の中みたいだった。

咲と信義はその真ん中にいる。ドーナツ状の湯船というか、最早ドーナツと言うには真ん中の穴の部分が小さすぎるし、湯船というには全部が全部湯船でありすぎるし、なんと言えば良いのかまるで巨大な湖の真ん中にいるようであった。真ん中から上に向かってらせん階段が続いている。天井は異常に高く見える。先ほどまでずっと天井の低いところにいた所為もあるかもしれないけど、それでも高い。

見上げると天井はドーム状に湾曲していて真っ青なタイルが張られているようだった。2階か3階分のぶち抜きなのかもしれない。二人が上ってきたらせん階段が登り棒みたいに天井に向かってつき立っている。

そしてお湯はビーフシチューのような色をしている。だんだん冷静さを取り戻してきてよくよく見ればもうビーフシチューにしか見えない。なにせ具のようなものも浮いている。

「これはビーフシチューじゃないか」信義はそんな人生で初めて言うようなセリフを発していた。

湯気で向こうが見えない。

湯は二人が立っている部分のすぐ下のところまで満ちている。二人が立っているのは階段の踊り場のような場所で小さな、二人立つのがやっとくらいの大きさの砂浜になっている、ビーフシチューの波が寄せては返す。

「これ」咲はそれだけ言って続ける言葉を見つけられないでいた。

視界の右の方から白い頭のようなものが流れてきて、ゆっくり回転しながら左の方へ消えた。目をつぶった白人男性が流れていく。

二人は目を見合わせた。

「生首？」咲が言う。

「いや、下もついてるだろう」信義の言う下とは首から下の体のことだ。

白人男性は目を開き、信義たちと目が合った。何もなかったようにまた目を閉じる、向こうに消えた。

お湯はゆっくり回るように流れている。遠くには舟のようなものが浮かんでいて、白い裸体が三つ舟に座っている。青い人がやはり全裸で長い竿を使って舟を操っている。

「なんだこれ」信義は言って、それで二人は立ち尽くすしかない。

まずルールが分からない。二人が身につけてきた温泉のルールが全く通用しない。それにどう見てもこれはビーフシチューにしか見えない。心なしか匂いまでビーフシチューの匂いがする。いや、ビーフシチューだこれは。

「ビーフシチュー、だよね？」咲が言う。

「俺もそう思うんだけど」言って、信義はかがんでみる。野球帽のツバが邪魔するので少し浅めにかぶりなおし、お湯に手を触れてみる。

ねっとりしている。お湯を摘《つま》むように指と指を擦り合わせてみる、ザラッとしたものを感じる。砂ほど硬くない。溶けたジャガイモ？

「おい、ビーフシチューだぞ」信義は咲を振り返った。

「うーん」

咲は困っていた。

ここで裸になってシチューに入れというのか。しかし、さっきまでの階段上りが無駄になるのも悔しかった。汗もかいていたし。

信義はキョロキョロしながら、野球のズボンの裾をまくりあげ、片足だけお湯に浸け始めた。

「うん、ちょうどいい」

「ねえ」

「なに」

「どこで脱ぐのかな」

「ねえ、俺もそれを探してたんだけど」と信義は言うがそんなちゃんと探していたとは思えない。

「いいじまさんに訊きに行こうかな」咲はシチューの湯船を見ながら言う。

「ええ、もう一回上るの？」

咲はもちろん下りて、もう一回上る気などさらさらなかったが、いいじまさんに訊こうかなと思うくらい自分が追い詰められているという感じを出せば、信義が「じゃあ俺が」とか言って訊きに行ってくれはしまいかなどと淡い期待を持ってそういうことを言ったのだけど、まあ、行かないか。

「更衣室探そうよ」

「うんでも、混浴だろここ」

「混浴っていうか、うん」

「ぱっと脱いで、ぱっと入っちゃえば、不透明だし大丈夫じゃない？」などと言う。

そう言われると入りたくなくなる。

信義は早く入ってみたいのか、決めかねている咲を促すように見ている。そんな信義を見ているとイライラしてきた。野球の格好なんかして。

「あんた、なんで野球の格好なんて選んだの？」咲は間抜けな信義の格好にケチをつけた。

「一度着てみたかったんだ、ユニホーム」

咲は自信を持って言いきる信義に何も言えなかった。

「私脱ぐから、隠しておいて」

「うんいいよ」信義はユニホームの上を脱ぐとアンダーシャツとズボンだけの格好になり、ユニホームの上を広げてなんとなく咲を囲った。そして咲を覗き込む。

咲は浴衣の帯を解いた。それでもうほとんど裸みたいなもんだ。信義が見てる。

「なによ」

信義は楽しくなってきた。下着姿の咲を見てニヤニヤしてしまう。

「気持悪い」野球帽の男がニヤニヤ着替えを覗いてくる、気持悪い以外のなにものでもない。

こうマジマジ見られると恥ずかしくもある。だけど、ここで恥じらった素振りを見せてやるほどのサービス精神を持ち合わせていなかった、わけではないのだけど、そうするのも悔しいというか、逆に照れくさいというか、とにかく嫌だったので、堂々とブラを外す。

「えへへ」信義はついに声に出す。

咲はパンツも脱いで全部丸めて浴衣に包んだ。こんなところに全裸で立っていることに何か不思議な感覚を覚える。

丸めた浴衣を帯で結ぶ。信義の陰から出るだけの踏ん切りがつかないからとりあえず、そんなことをして踏ん切りを待つのだが、なかなか恥ずかしい。

温泉で裸になるのは当たり前のことなんだけど、ここが温泉だ、とまだ決めかねているのか、いや、きっとここに信義や知らない男の人がいるのが変なのだ。

信義の腕は疲れてきてだんだん下がってくる。咲は知らず知らずそれに合わせて体をかがめていることに気付く。信義の腕を持ち上げてもう少し高い位置をキープしてもらう。

「うーん」咲は手に持った浴衣を信義に渡し、手と手ぬぐいで体を隠す。そのまま、すり足のような形で温泉に入っていく。

足先が先《ま》ず湯に触れる。

ヌメッとしている。ああ、シチューだこれ。

迷っている暇はない。私全裸だ。

下を向いたまま、ズルズル歩を進めていく。湯船の縁は砂浜で、そのまま徐々に深くなっているところなども海に似ていた。腰ぐらいの高さまで湯に浸かるとしゃがみ込んだ。首だけ出す。髪の毛を縛るのを忘れたことに気付く。背中に流した髪の毛がお湯に浸かる。

体にゴツゴツと何かが当たる。具？　とにかく体から、伸びをしたときのようにジワジワと何かが染み出していくような心地よさがある。

大きな吐息を漏らす。

「咲、どう？」信義は言いながらもう脱ぎ始めている。

ユニホームを脱いで裸になると、砂浜に自分の服を置き、その上に咲の浴衣を置いた。ザブザブと入ってくる。波が出来て咲の顔の方にも波紋がやってくる。咲は少し体を伸ばしてそれをよける。

信義は咲の目の前に座った。

「おー」と言っている「気持良いー」と言う。

温度は少し温めである。

今までの温泉とは明らかに違う。湯がシチューみたいなものだからか知らないが触感が強い。何かに触れられているような感じが強いのだ。ゆっくりとした流れがあるから少しくすぐったいくらいだ。まるで、なんだろう？　なにが一番近いのか、咲はそんなことを考えながら、その気持良さに身をゆだねてしまいたい。

　信義も気持良さそうに口を半開きにしている。

　そうか、ナイロンの感覚に近いのだ。絹にも近いのかもしれないが、絹にはあんまり触れたことがなかった。ナイロンのさらさらした感じ、いや別にナイロンに限らなくてもいいな、子供の頃好きな布団があってそれがなに製だったのか今となっては分からないけど、その布団にお風呂上がりに裸で寝ては体を擦り付けていることがあった。そんな、布団の感触にも似ている。マッサージを受けているようでもある。

「地獄いいなあ」信義が言う。

「これは良いねえ」咲も言う。たまに具のようなものが体にゴツゴツ当たるが、それもだんだん気持良くなってくる。

　咲は湯から腕を出し、お湯を滑らせてみる。

「スベスベ」腕を触ってみてそう言った。

「そんなすぐ効果でないだろ」

「だってほら」咲は腕を信義に見せる。

信義は咲の腕を触ってみる。

「本当だ」とか言って自分の腕を触る「スベスベだね」微笑んだ。

二人はいつの間にか流れに乗っている。

信義はある誘惑にかられていた。

そして、こうして温泉に浸かって気持良くなっているうちに自制心がだいぶゆるくなってしまって、つい、シチューに口をつけて飲んでしまった。

「あ」咲がそれを見て言う。興味深そうに信義を見る。咲も気になっていたのだ。

「不味い」信義は口に含んだお湯をこっそり吐き出した。

「シチューの味する？」

「しない、ぴりぴりする」

「飲んじゃった？」

「ほんのちょっと。平気かな？」信義が心配そうに見るので、咲は「大丈夫よ」と言った。

二人ともお尻を底に着けているが底は砂地でべったり着ける気にならなかったから、しゃがんで爪先だけで立っているのだが、砂にめり込んでいくからバランスが悪い。

景色を見ていて自分たちが流されているのに気付く。

まあいいか、このまま一周してやれという気持で二人は流されている。

「あすこのさ、箱根のさ、いつもの温泉あるでしょ?」咲が言う。信義は離れ離れにならないように咲のすぐ隣にいる。

「全然違うな」

「これ温泉なのかな?」

「うーん、湧いてるのかね」信義は具のひとつを摑む。ニンジンにしか見えない、そこに肉の繊維みたいなものがくっついている。

「47階だしねここ」

「地下からくみ上げてるんじゃない?」

「47階まで」

「うん、勢いがありすぎてさ、それくらいの高さに湧いちゃったんじゃない」

「うーん」咲は信義の考えにとても賛同は出来なかったけど、ここで議論をしても結局答は出なそうだったので話題を変えた。「川端さんいるじゃん?」

「え、うん」信義はなんで咲が急に川端さんの話をしだすのか分からなかった。

咲は帰ったら川端さんの仕事をやらなきゃいけないことを思い出していたのだ。

「川端さんがさ、実家からお米送ってくれるって」

「え、川端さんて実家どこなの？」

信義と川端さんは一度だけ会ったことがあった。咲と打ち合わせしているところに信義が顔を出し、３人でご飯を食べたのだった。確かそのとき出身地の話もしてたと思うけど、そういうのはすぐに忘れちゃうのだ。

「彼女の実家覚えてない？」

「うん」

「秋田」

「コシヒカリ？」

「なんで？」

「トチオトメ？」

「それ苺じゃなかった」

「そうか」

「どうする？」

「送ってもらおうよ」そう言って信義はお湯を両手で杓《しゃく》うと顔に塗りたくるようにした。咲もそれを見て真似てみて言う。

「家の炊飯ジャーなくなっちゃったじゃない」

「ああそうか」信義はジャーのことは大して意に介していないようで、顔がすべすべになったかどうか触ってみていた「新しいの買う？」

「どこいっちゃったのかな？」咲は言いながら、占い師の言葉を、正確には占い師の操る人形の声を思い出している。

「炊飯ジャーだったね、きっと地獄に落ちたと思うよ」占い師の人形はそう言った。

ジャーは地獄にあるという。

「でもさ、地獄にあるっていっても、これだけ広いと分からないね」咲はそう言って、この旅の発端となった炊飯ジャーのことを思い出す。だけど、あんまりしっかりイメージ出来ない。

「なにがあるの？」信義は目の周りについたシチューを手で拭いながら訊いた。

「だから、ジャー」

「え、なんで？」

「だから、占い師の人に言われたでしょ」

「ああ、そうか」信義は周りを見ている。

10メートルくらい先のところに手漕ぎのボートが浮いていて、白人の女性が二人座っている。おっぱいは放り出されている。裸の青い男が長い竿を操って舟を進めている。ごく小さい声で何か歌っているのが、湯の流れる音にかき消されている。

天井が高いせいかどうかは分からないが、ここでは極近い距離で話さないと、声が反響して聞き取り辛いのであった。

信義はその白人のおっぱいをなんのてらいもなくじっと見ている。

「ちょっと」さすがに咲は注意した。

「うん、右の人のおっぱい凄いな」咲のおっぱいは小さかった。

「あんまり人のおっぱいじっと見ちゃ駄目でしょ」咲は自分が当たり前のことを言っているると気付いた。

「そうか」信義はおっぱいから目を逸らし「あの人たち全然楽しそうじゃないね」と言った。

ボートに乗った二人の白人女性は確かに全然楽しそうではなかった、護送される囚人のように見えた。おっぱいが凄い方は長い金髪で、もう一人は赤みがかった髪の毛をしている。二人とも肌が赤らんでいる。湯に浸かりすぎたのだろうか？

咲と信義は大分流されていた。階段を中心として外まきのらせん状に流れがあるらしく、二人はどんどん回りながら階段から離れていっている。不思議と底の深さは変わらなかった。相当の時間湯に浸かっている気もする。のぼせるような気はしない。ずっとこのままここに浸かっていても良いと思う。

「ねえそろそろご飯なんじゃない？」信義が言う。

「1時間後って言ってたっけ？」

どれくらい経ったかちょっと分からなかったけど、階段を上った時間も入れてもう確実に1時間は経っている気がする。

ちょっともったいない気もするが「戻ろうか」咲はそう言って階段の方へ動き出す。しゃがんだまま、ずりずりと歩く。信義も続く。しかし、抵抗してみると流れは思ったより強い。それに下は砂地である。なかなか思うように進まない。二人は微笑み合って「あれ、結構きついね」なんて最初は言っていたが、数分、奮闘し続けると微笑みなどは消えていたのである。

流されていく。

見渡すとその行き着く先が見えた。

「ねえ」咲と信義はほぼ同時にそれを見つけた。渦だ。巨大な排水溝のようなものがあるのか、湯が渦を巻いてそこに流れ込んでいる。ゴボゴボと恐ろしげな音を立てている。

二人は顔を見合わせる。信義は咲の腕を摑んだ。

逃げよう。体は徐々に排水溝の方へ流されていく。立ち上がってみたが同じことだった。流れが強く、地面の砂がドンドン流されていくので立っているのも難しい。

再びしゃがみ、二人は全裸で温泉の底を必死に歩く。

「がんばれ」信義が言う。

咲は信義の目を見た。ああ、もう駄目かもしれない。

そう思ったときに、青い全裸の男が操るボートがこちらに近づいてくる。信義は青い全裸の男のチンチンを凝視している。

「ちょっと、見過ぎ」

「ああ、うん」

ボートは先ほど白人女性を乗せていたボートだ。

白人女性二人のぐったりした顔を思い出し、合点がいくのであった。


部屋の前にいいじまは膝を抱えて座っていた。フラフラになった咲と信義が近づくとさっと立ち上がる。

「お湯はいかがでしたか?」と訊く。

行き帰りの階段の上り下りも含めて、二人は相当の運動をしているはずなのに。思ったより疲れていないことに気付く。フラフラなのは、どちらかと言うと気分が良すぎてフラフラなのだった。酒に酔ったような感じとも似ている。

「お待たせしちゃってごめんなさい」咲が言う。

「良いんですよ」

「凄く良いお湯でした」野球のユニホームを着た信義が引き継ぐ。

「夜中になると激流になるんですよ」いいじまはそう言った。

お湯の流れのことだろうと思う。

いいじまは部屋のドアを開け、二人はかがむようにして部屋に入る。

床には座卓が置かれ、座椅子が向かい合わせに二つ用意されていた。先ほどまではなかったものだ。

奥の方のベッドの下に、布団が二組隣り合わせに敷いてある。

なぜベッドは使わないんだろう？　と信義は思う。

「お料理お持ちしますね」といいじまは言う。

「お願いします」と咲は言って、二人は座椅子に座った。

咲は手首辺りを鼻のところに持っていって匂いを嗅いでみる、シチューの匂いでもするかと思ったが、何の匂いもしない。

二人はボートに乗せられ、階段のところで下ろされた。何も隠すものもすることもないので、そのまま、体を拭いて咲は浴衣を、信義は野球のユニホームを着たわけだけど、肌がべたついたり、髪に具の類がついていたりすることはないようだった。

異様に肌がすべすべしている気がする。信義の顔を見ると陶器みたいにすべすべしている。咲は手を伸ばし座卓の向こうの信義の頬に触れてみた。

「すべすべ」

「凄いね」

いいじまがお盆を持ってやってきた。「すべすべしますでしょう？」と言う。

咲は「はあ」と曖昧な返事をする。あまりにもすべすべで気持が悪いのだ。

「物凄く小さい虫がいて体の表面を食べてくれたんですよ」とこともなげに言うので、その気持悪さを口に出して批判する雰囲気でもなかった。

「ええー、へー虫かー」とだけ咲は言った。

「ええ、赤く見えたのは全て虫です、下が砂だったでしょ？　虫の卵です」

「へー」咲は深く考えるのを止めにする。

信義は食べ物の方に気を取られている。

いいじまの持ったお盆の上で先ほどからベチベチと音がしているのだ。座っている二人からはお盆の上の様子が見えない。信義は待ちきれない様子で、思わず中腰になるとお盆の上を覗こうとする。

「あぶない」いいじまが叫んでお盆を上に上げる。信義はびっくりしていいじまの顔を見る。

「待って、待ってください、気をつけないと、目に飛び込まれますよ」そう言って、ポケットから水中眼鏡を二つ出した。「これをしてください」

二人は意味が分からなかったが、意味が分からないことに対してさすがに慣れてきていたから、割とすんなりそれを着けることを承諾した。

特に咲は面白い顔になった。

浴衣に水中眼鏡である。信義の野球のユニホームには意外と水中眼鏡が似合った、野球帽との相性も悪くない。

「いいですか？」

いいじまは二人が水中眼鏡を着けたことを確認すると、お盆を下げ蓋を取った。自分はお盆から目をそむけている。

お盆の上には桜色の小指ほどのエビがごそごそしている。たまにお盆をベチと叩く音がする。飛び跳ねているものも居る。

「地獄甘エビです」

「甘エビですか」

「正確にはエビじゃないですけど」

「え？」信義は良く見ようと顔を近づける。

「気をつけて」いいじまが大きい声を出す。「穴があると入ろうとしますから、あまり穴の部分を近づけないようにしてください。鼻に入られるとイガイガして不快ですよ。涙腺に入られるのが一番やっかいなんで水中眼鏡を着けて食べるんです」

そう言うといいじまはまたポケットを漁《あさ》り、細いあめ色のゴムチューブを数本出した。そのうちの1本を取ると残りをポケットに仕舞う。

チューブは30センチくらいで片方は結んである。

「いいですか？」そう言って、チューブの結んでない方を舐めて唾液をつけるとエビに近づけた。

エビはチューブに向かってごそごそ集まってくる。と、1匹がチューブに飛びつくと穴に潜り込んだ。

「はい」いいじまは叫んでチューブを持ち上げる。チューブの中にはエビがいる。それを指でしごいて、結び目の方へ移動させると、座卓に叩きつけ始めた。

ベン、ベン、とかなりの力で叩きつける。少し跳ねる。

「こうしたら、ここから吸ってください」と言ってチューブの穴の方を信義に渡す。

信義はチューブを受取ると、悲しげな顔をして咲を見た。咲は思わず目を逸らす。

「強く吸ってください、味はついてますんで」と言う。

信義は覚悟を決めて、チューブに口をつけエビを吸う。咲は見守る。

「甘い」

「でしょう?」いいじまはそう言って、ポケットからもう1本チューブを出して咲に渡した。

二人は顔を見合わせた。


地獄甘エビを全て食べ終えるのには相当の時間を要した。骨《コツ》を摑むと手間取ることはなくなったが、ずっと同じ味なので飽きる。

もっと色々な種類のものが食べたかったが、甘エビしか出さないいつもりらしかった。最後の数匹はジャンケンして負けた方が食べるという形になった。

チューブの中に甘エビの殻が溜まるのでそれは殻入れの丼に出す。今は山のように甘エビの殻が盛られている。

終わった頃いいじまが再びやってきた。

信義はもう満足して、ナイトマーケットに行くのを少し面倒に感じ始めていた。咲の方が意外とがつがつしていて、疲れているけどもったいないから行きたいような感じだった。大抵の場合、咲は少し残っていてもお腹いっぱいだったら無理をせずに残すタイプなのに、旅行に関しては「おかわり」してでも食べるような態度のようだ。

そういえば二人でこういう旅行も久しぶりだ。

ついつい面倒で、二人で出かけるにしても近くでご飯を食べるとか、神奈川の方に住んでいたときは電車で中華街へとか、その程度のことで済ませていた気がする。

俺は少しサボっているのかな。信義はそんなことを思った。これから二人で過ごす時間を考えるとうんざりするほど長い。結婚ていうものはそういうものだと割り切った。だけど、何も今からうんざりする必要はないんだよな。本当にうんざりするまでは、うんざりしないように努力してみるべきなのかもしれない。

確かに少しサボっているのかもしれない。

たまにはこうして体力と気力と時間とお金を使ってみるのも良いのかもしれない。うんざりしないのには努力が必要なんだ。その努力はそう悪いものでもない。そう思う。

だから咲がスーツケースからワンピースを引っ張り出すのを見ても「やっぱもう寝

ない？」なんて言って水を差すのを止めにした。

心も体もお腹いっぱいだったが気持悪くなるくらい「おかわり」してみるのも良いだろう。

いいじまは、ご飯を片付けると出ていった。

ヨシコが下に迎えに来ていると伝えてくれたから、20分くらい待ってもらうよう伝えてその間に用意を済まそうとしているのである。

信義は野球のユニホームからTシャツとジーパンに着替え、野球帽は気に入ったのでかぶっていくことにした。布団に寝転んで咲を見ている。

咲はベッドの上に服を広げ、どれを着るか迷っていた。少し休みたかったので、信義は咲が出来るだけ長く迷ってくれると良いと思った。


ワンピースはもう着ることに決めた。

ノースリーブで白いコットンで胸元に細かいプリーツがあってスカートの部分にはつる草模様の刺繍があってお花が咲いていたり小鳥が飛んでいたりしてとても可愛らしく乙女チックな中にも上品さのあるワンピースは、冷静に見ると少し恥ずかしい。

勢いで、というか、なんで買ったんだっけ？　可愛いとは思ったけど、可愛いから買うってことを繰り返してたら大変なことになってしまう。

　きっとちょうどそういう買ってしまいたいタイミングだったからなんだろうけど、そのときは確かにこれなら着れるというか、いつか着るはず、というか、絶対着るもん、みたいななんだろう意地？　そういうのを張ったようなところがあった気がする。何に対する意地かっていうと老いのようなものや、それから今の自分に妙に納得してしまう自分に対する意地でもあった気がする。

　能書きは良いや。着よう。そう思って咲は浴衣を脱ぎ捨てた。頭からワンピースをかぶった。靴は必然的にサンダルになる。

　じゃあ迷うことなんてなかったんだけど、これを着るかどうか悩んでいたのだった。実際。メガネの位置を直そうとして指を鼻の付け根に持っていって、今はコンタクトをしていたことに気付いた。

「決めた？」信義が訊く。

「うん、もう決めてたんだ」咲はそう言ってベッドから降りて立つ。腰のところでワサワサと溜まっていたワンピースの裏地を手繰《たぐ》って本来の位置に落とす。

鏡は？　ないか。

あるけど遠くにあった。部屋が広い。さっきのクローゼットのところにあったな確か。

「行く？」

「ちょっと待って」咲はそう言ってサンダルを履きながらクローゼットの方へ走っていったので、信義は察した。

クローゼットの戸を開けてそこにある鏡に咲は自分の姿を映している。そんな咲の姿も新鮮だった。

どうだろう、ちょっと一言褒めてみちゃおうか？　いや、待てよ、そんな慣れないことをして上手く出来るはずがないな。

だけどところでナイトマーケットってどんなところだ？　信義は考えた。

そんなおめかしして行くようなところじゃないんじゃないかな。さっき食べた甘エビの味がまだ口に残っている。別に美味しくはなかった。

地獄の甘エビじゃない甘エビの方が信義は好きだった。大抵の人はそうだろう。それでもう地獄の食べ物は不味い、と、なんとなく決めていた。

なんかカップラーメンか何か食べたいな。

咲が戻ってきた。

「お待たせ」と言って、小さいバッグを肩にかける。

信義は立ち上がる。「お金どうする?」

「下で両替してもらおう」

「100円くらいあればいいかな」

「そうね、あんまり持ってるとなんか物騒だもんね」

二人は部屋を出た。咲はぴょんぴょん跳ねた。サンダルの感じを試したのだ。

信義は咲の服装を褒めようかどうかもう一度迷った。やっぱり褒めたあとどう接したら良いか難しいので止めにした。

ちょっと心残りがした。

22階分の階段を下りるのはそれだけで重労働で、外に出たときの風はそれで随分気持良く感じた。

すっかり暗くなっている。ホテルの玄関の前には蛍光灯が何灯か立っていて、あたりをぼんやり照らしている。昆虫が明かりに突撃している。

星は出ていない。月もない。地獄からは両方とも見えないのかもしれなかった。

ヨシコは車に寄りかかるように立っていて、塔を見上げていたようだ。

紺のTシャツに灰色のスカートを穿いている。

暗いと肌の青さが目立たない。黒く見えた。それに昼に会ったときよりも大人びて見えた。何を考えているのだろうか。空を見ている。

咲と信義に気付くと、手を振った。咲と信義も振りかえす。

ヨシコは車に向きなおると、扉を開け、中に何か言っている。

「うん？　どうした、どうした」信義が咲に聞こえるように言う。

「なんか出てきた」

車から子供が二人出てくる。ヨシコも子供だが、その二人はもっと子供だった、という言い方もどうかと思うが、そういう感想を抱くほど二人は子供だった。

小学校にあがったばかりくらいの子と、もう一人は小学校にも行ってないくらいかもしれない。眠そうに目を擦っている。

ヨシコは二人を並べて立たせる。そして、咲と信義の方へやってくる。わざわざ来なくてもいいよ、と思ったので咲と信義は足を速めてヨシコの方へ行った。

「こんばんは」みたいなことを言ってヨシコが笑う。

「お待たせしました」咲が言う。

「めがね」とヨシコがメガネをかける仕草をする。

「ああ、コンタクトレンズを入れたの」と咲は目に何かを入れる仕草をする。

ヨシコは首を傾げ少し笑う。咲もちょっと笑って、自分の目を指差した。

咲の瞳をヨシコが覗き込む。かなり近づいてくる。咲は戸惑ってしまった。ヨシコは咲の目をじっと見ている。

「わからない」

ヨシコはそう言って咲から離れ、またひとつ笑った。

ヨシコは改まり、横に立っている子供たちを紹介する。

二人の子供はヨシコの弟たちで案内を手伝わせるために連れてきた。1000円は大金だからヨシコ一人では足りないということらしい。

地獄語で「あいさつしなさい」とお姉ちゃんらしく言う。

二人の弟たちは照れて、小さくペコリと頭を下げた。

咲は信義と顔を見合わせた。

## ナイトマーケット

30分ほど車を走らせると街の明かりが見えてきた。お祭りの夜店のような雰囲気がある。

少し走ると見えなくなった、山を下りたらしい。

ヨシコの小さい弟は助手席で、運転席との間の隙間にのけぞるようにしなだれかかっている。口を大きく開けてのけぞって眠っている。

真っ青な顔が逆さにこちらを向いている。目蓋が閉まりきらず薄目が開いていてそこから白目が覗いていて気味が悪い。柔らかい猫っ毛の坊主頭は良く見るとまばらで、長さがそろっていないからニュアンスのある頭になっている。頭頂部を下に向けている所為か時々、何かの液体（多分よだれ）が詰まってガフと苦しそうな声を出し顔をしかめる。咲は見ていた。

たまにヨシコが揺り動かして起こそうとするのだが、咲はそのたびに「寝かせておきなよ」と言う。

大きい弟は信義の隣の窓際に座って窓にかじりついている。外を見ながら時々小さい声でなにやら独り言を言っている。信義はそれをなんとか聞き取ろうと耳を澄ませていたが、早い地獄語は聞き取れない。

咲と信義は黙っていた。他人の家の居間に通されたような居心地の悪さがある。

途中、ヨシコが咲と信義に名前を訊いてきた。

二人はそれぞれの名前を名乗る。「さき」は上手く発音出来るが「のぶよし」は難しいようで「のぶおし」「のぶうし」としか言えない。

暗い細い道に入った。左右は森のようである。

「行きにこんな道通ったっけ?」咲は信義に言った。窓の外を見る。

信義は咲に重なるようにして窓の外を見ると「通ったんじゃない?」と適当なことを言う。

真っ暗なガタガタ道。二人は少し後悔していた。

真っ黒な緑が続いている。

ヨシコの話ではナイトマーケットの入り口は東西南北の4箇所ある。

壁と堀で囲まれた四角い場所で、昔そこには城のようなものが建っていたらしい。

城は純銀で出来ていた。長い年月そこに建っていたが、これまた長い年月をかけて人々がちょっとずつちょっとずつ盗んでいってついにはなくなってしまったのだそうだ。

城がなくなった後も銀の城を盗もうと人は集まり続けた。それを相手に商売をしようという人たちも集まる。いつしか、店が出るようになる。

そこに集まるのは泥棒ばかりであったから、昼の間は誰もいない、夜になると人は集まりマーケットが出来るのだ。

泥棒たちは堀を泳いでやってくるから、みなびしょびしょに濡れていた。それがマーケットの明かりを受けてキラキラ銀色に光るのだそうだ。

これは地獄では有名な民話で、みんな知っているらしい。

信義は真夜中に映える銀の城と、キラキラ光る泥棒たちを思った。

日本の城をイメージし、打ち消し、西洋の城をイメージし打ち消した。それでもっと曖昧な銀色の塔が数本建っているだけの城をイメージし、その周りを泥棒たちがキラキラと盗みを働いていた。


遠くに黒い四角いものがある。

しばらく行くと、今はもう干上がってしまったお堀が見える。

お堀の奥は壁に囲まれている。壁に向かって細い道がある。その道に壁の中から光が漏れている。道の周りは真っ暗だ。壁の上からも明かりが漏れている。

ヨシコの車はお堀にかかった細い橋をスーッと渡って、壁の囲いの中に入っていった。

入り口をくぐってすぐのところに駐車場がある。

まばらに車が停まっている。端の方にはバイクがたくさん停められている。どこにこれだけの人が住んでいたんだろう？

ヨシコはスピードをほとんど落とさずにバックで駐車する。

「きたのほうにはいかないでください、きたのほうはあかいひとがいますから」とヨシコは言う。

ここは南の入り口らしい。北の入り口の辺りにたつ店は赤い人たちの店だそうだ。

その口振りから、ヨシコたちはここで待っていて咲と信義二人で回れという流れかと思ったら、車を5人全員で降りた。

幼い弟は寝てるところを起こされて、不機嫌で、ハナミズを出して泣いて、ヨシコに叩かれて、もっと泣いて、もう1回殴られて黙った。今はヨシコの手を握ってほとんどぶら下がるように立っている。

大きな弟は、黙ってヨシコの隣に立っていた。

「あっちにおみせがたくさんあります」そんなことをヨシコが言って、5人は歩き出した。

地面に輪ゴムがたくさん落ちている。
4、5本まとまった塊で落ちていることが多い。なんだろうと思ってビーチサンダルの先でいじったりしてみる、やっぱりただの輪ゴムだ。
独特の匂いがする。

弦楽器の音がする。のんびりした曲や、激しい曲が遠くから聞こえてくる。

ジメジメと暑い。夜になって気温が上がったのか。風もない。

駐車場は暗く、向こうが明るい。人が踏み固めたような通りが中央に向かっている。

通りを中央に向かって歩く。

灯りに近づくにつれ気分が高揚してくる。咲は信義を見た。信義もまた咲を見る。

二人はヨシコと弟たちを見る。3人兄弟は仲良く手を繋いで歩いている。下の弟の機嫌も直ったみたいで、ニコニコとなにやらヨシコに話しかけている。

咲は夏祭りを思い出していた。

「ここは毎日こうなの？」咲はヨシコに尋ねる。

「どういうみ？」ヨシコには意味が通じない。

「毎日、こういうお祭りみたいな感じなの」信義が重ねる。

ヨシコは困った顔をして笑った。咲と信義も顔を見合わせて笑う。まあ、これまでの話を総合して考えれば毎日こんな感じなんだろうけど、どうでも良いか。笑う。

赤や緑の丸い物体の中に灯りが入っている。それが通りに沿って無数に吊ってある。ちょうちんのようなものだけど、明かりの感じが違う。火が入っているようだが、光源が大きい。

低く大きな木が間隔をあけまばらに生えている。

通りの両側にはびっしりと小さな店が並んでいる。といっても粗末な台にベニヤ板を渡しただけのような店で、板の上に商品を並べている。

少し規模の大きい店にはビニール生地の屋根が付いている。

木の下を利用して店を出している人たちも居る。

青い人たちがだらしない格好で、座っている。大抵が家族でやっているようで、子供たちがその周りをうろうろしていたり、赤ん坊を抱いて店番をする若い母親も居る。

それぞれの店でそれぞれの気に入った音楽をかけているから、音源が沢山あって騒がしい。ところが、慣れてくるとその全ての音楽がまとまってひとつの音楽をなしているようにも聞こえてくる。

何軒かに首を突っ込み商品を見る。

布の類や、ペンダントヘッド、などを売っている。

ペンダントヘッドは普通のオジサンやオバサン、若い女の子や子供なんかがモチーフに描かれている銀色の板だ。信義は面白がって薄ら笑いを浮かべたその辺に居そうなオジサンが描かれたものをひとつ買った。

店のオバサンがそれを茶色の紙袋に入れてくれる。1円出したら横からヨシコが店のオバサンに何か言った。それでオバサンは、うるさそうにヨシコをチラッと見て、もうひとつ今度はブスッとした出っ歯の老婆が描かれたペンダントヘッドを一緒に紙袋に入れてくれた。信義は要らなかったけど、ヨシコと店のオバサンにお礼を言った。

「ふたりはおやこ」というようなことをヨシコが言う。最初、店のオバサンがヨシコの母親なのかと思ったが、どうやらそうじゃなく、ペンダントヘッドに描かれたオジサンと老婆が親子らしい。

「誰なの？」と、咲が訊いた。

ヨシコは「きむら」と答えた。

きむらなのは分かったけど、一体、それが誰なの？　という疑問はどうやらヨシコには通じなかった。

咲は布の類をさっきから重点的に見ているが、どうも気に入ったものがない。

人形が大量に売っている店で、信義が立ち止まった。

あのとうきゅうの占い屋で見た人形を探しているのだ。

「ないね」そう言って信義は行こうとする。咲がひな壇の上の人形を指差す。

木彫りの熊だ。シャケを咥《くわ》えているやつ。

「わあ、地獄関係ねえ」と信義は笑った。咲も笑った。ヨシコと弟たちはキョトンとしていたが、信義が小さい弟に顔を近づけホッペをくすぐったら、小さい弟は笑い、それを見てヨシコも大きな弟も笑った。

5人は笑って歩く。小さな弟が何かとぼけたことを言う。内容は分からないが、咲も信義も笑う。

「なにもかわないの？」ヨシコが咲に訊く。

「うーん」咲は困ってしまった。あんまり欲しいものはなかった。咲はヨシコの車のダッシュボードに乗っていたあの赤いコースターが気に入っていて、ああいう生地の布があれば欲しいと思っていたのだった。だけど、今見てきた店にあるのはどうもガサツで安物の布にしか見えない。実際安物だし。模様も何か野暮ったい。たまにふと視点が変わって、今まで野暮に見えていたものが急に美しく見え出すこともあるけど、そういう場合は幾ら最初野暮に見えていたとはいえどこかにそれが美しく映るための何か芽のようなものがあるものだ。今見てきた布にはそれはなかった。それに別に咲は布のプロでもなんでもないわけだからよっぽど気に入ったものじゃないと買う必要もない。

そういう日本語をもってしても上手く言い表せているかどうか分からないような心情を地獄語しか分からない少女に説明するのは無謀というものだ。

咲が考えていると、ヨシコは上の弟となにやら話し始めた。

下の弟と信義は珍しい蝶々の標本を売っている店を見ている。二人で何か話しながらガラスケースに入った蝶々の標本を見ている。

ヨシコと上の弟は深刻な面持ちで話している。咲は輪からはみ出た形になって、ぼんやり辺りを見回した。地元の夏祭りとどうしても比較してしまうのだけど、こっちの方は随分とのんびりしている。売る気があまりない。夏祭りもあれが毎日続くとなればやっぱりこんなのんびりした感じになるのだろう。

咲はもう一度ヨシコたちの方を見やり、まだ二人は難しい顔をしているから、フラフラと信義たちの方へ近づいていった。

信義の肩越しに、信義と小さい弟が見ている蝶々の標本を覗いてみた。

蝶々の羽には目玉の模様がついている。確か日本にもこんな蝶々が居た気がする。

小さな弟は、それを指差して信義に「ちょうちょ」と言う。

信義は「そうだね」と言う。小さな弟が笑う。

小さな弟はまた別の蝶々を指差し「ちょうちょ」と言う。

信義が「そうだね」と言う。小さな弟が笑う。

今度はまた最初の蝶々を指差して「ちょうちょ」と言う。

信義は咲に気付き振り返る。苦笑いを浮かべる。咲もフフと笑った。

「ちょうちょ、ちょうちょ」と、小さな弟は信義の袖を引っ張って言う。信義は笑って「そうだね」と言う。そんなやりとりを眠そうな店番のオジサンが薄目で見ている。

店番のオジサンが咲に何か早口で言う。

咲は「買わないなら帰れ」的なことを言われたのかと思ってビックリする。小さな弟が店番に「おれのおきゃくさんだ」みたいなことを言った。

それで、店番のオジサンは咲と信義と小さな弟の関係を訊いてきたのだと分かる。

「何に見えんだろ？」信義が咲を見る。

「さあ、分からないんじゃない？　私もいまいち分からないもん」

ヨシコと大きな弟がやってきた。

「きたのほうにいってみますか？」ヨシコがそう言った。

ここは広い。北に向かって歩いている。

段々静かになっていく。ヨシコたちも口数が減ってきた。青い人たちの店も極端に少ない。音楽ももう遠い。後ろの方からかすかに聞こえる。

地獄の赤や緑のちょうちんだけがずっと向こうにまで続いている。店の灯りがないので暗いのだ。

南と北、つまり青と赤の境界ははっきりしていた。白いビニール紐が張ってある。高さは腰くらいですぐに跨げるのだけど、これで結界には充分なのだ。

「このさきがあかいひとのばしょ」ヨシコはそんなことを言った。

「危ないの？」

「あぶない？　あぶない」ヨシコは首を傾げ、咲の言葉を繰り返す。

それが、危ないのか危なくないのか、まあ危ないんだろうけど、量りかねて咲と信義は心配そうに顔を見合わせた。

「いこう」ヨシコがそう言って下の弟の手を引いてスカートを少したくし上げると、ビニール紐を跨ぐ。下の弟はヨシコの手を離し、紐の下をくぐった。

上の弟が咲と信義を見る。照れたように笑うと、二人を促すようにビニール紐を跨いだ。この子はヨシコよりも二つ三つ下の年だろうけど、随分大人に見える。ヨシコだってそうだ。随分大人に見える。

咲と信義はビニール紐を跨いだ。

遺跡のような場所だ。崩れてもまだ立っているレンガ塀がある。何かの部屋の一部だったのがそのまま残っている。大きな木が生えている。

上の弟が手招きする。上の弟は中腰になっている。咲と信義も上の弟を真似て中腰になる。ヨシコは背丈くらいのレンガ塀に体を密着させ隠れている。上の弟もヨシコの隣に隠れる。下の弟は、ヨシコの足にくっついている。

咲と信義も壁に背をつけて隠れた。スパイごっこみたいで気恥ずかしい。

ヨシコが振り返る。咲たちの目を見て肯く。咲は信義を見た。

信義は、ヨシコに向かって肯いた。

「なに？」咲は信義の服を引っ張る。

「行くってことじゃないの？」

ヨシコは壁から壁に走る。すばしっこいネズミのようだ。弟たち、咲と信義も続く。

信義のビーチサンダルがペタンペタンいう。信義は出来るだけビーチサンダルがペタンペタンいわないように指先を丸めギュッと押し足の裏に密着させるのだった。

灯りが見える。地獄ちょうちんの灯りとは違う色だ。裸電球の色。

向こうの木に裸電球がぶら下がっている。その下に板が置いてあり上には色とりどりのものが載っている。コンタクトレンズをしていても咲には良く見えない。そういえば信義は無駄に目が良いのだった。

「見える？」

「うーん、布っぽいけどな、なんかお面みたいなものもあるな」

ヨシコが振り返り、黙ってという顔をする。

木の奥に粗末なテーブルがあり、半裸の男たちがそれを囲むように座っている。机の上を見つめている。時折、叫び声を上げたり笑ったりしている。

どうも机の上に何か小さな生き物がうごめいているようだ。

「かんがるー、たたかわせてる」というようなことをヨシコは短く言った。カンガルーと聞こえたけど、あのカンガルーだろうか？　にしては小さい。虫くらいの大きさのものを闘わせて賭けでもしているのだろうか。

様子を見ていたヨシコが、咲たちを振り返る。ゆっくりこんなことを言った。

「これから、あそこにいく、それでもてるだけあそこにあるものをもって、もったらもときたところにはしる、いい？」

咲と信義は躊躇した。良く分からない。買い物に来たのじゃなかったのか？ 泥棒をしようというのか？。ヨシコは続けた。

「あのみせのぬのとてもいいしな、だいじょうぶ」そう言うと、小さい弟を小脇に抱えた。

「いこう」走り出す。咲も信義も、どうしていいか分からず、それでも中途半端に走り出した。「いそいで」大きい弟が短く言う。

それで怖くなり走って店の前に来た。チラと赤い人たちを見る。まだ、こちらには気付いていないようだ。

板の上には色とりどりの布が綺麗に並べられている。どれもうっとりするほど美しい。しかし咲は焦った、どれにしよう？ 閉店間近のお店に買い物に来た時の焦りを10倍濃くしたみたいな気持がする。信義も同じと見えて、焦ってもう一刻も早くこの場を去りたいような雰囲気である。

咲は1枚の布が気になった。重ねてある布の一番下にある。何の模様もない青い布でその色は照明の加減もあるから正確には分からないけど鮮やかな空色だ。手に取ると滑《なめ》らかな質感でまるで液体のように手に絡む。持ち上げ光に透かす。空を布にしたみたいだ。ヨシコが寄ってきて布にさわり、微笑んだ。上の弟が駆け寄ってくる。それで反射的に赤い人たちの方を見た。赤い人の一人がこっちに気付いた。周りの赤い人に何か言っている。

赤い人たちが一斉に立ち上がる。

信義は大きな猫のような人間のお面が気になってそれを手に持っていたが重い。

「さき、のぶおし」ヨシコが鋭い声を出す。

走り出した。

咲は空色の布を持っている。信義は猫のお面を置いて手ぶらだ。

赤い人たちが追ってくる。

ヨシコは下の弟を小脇に抱えている。下の弟は口をつぐんでいる。

「おい。おい。おい。」赤い人が怒鳴っている。咲は怖くて後ろを見れない。とにかく走った。すでに太股《ふともも》の裏が痛い。

「さき、おかね」ヨシコが叫ぶ。「なげて」

咲のワンピースにはポケットも何もないので、財布は信義が持っている。信義を見る。

信義はすでにポケットを探っている。その動作で信義は少し遅れる。大きい弟が信義を待つように少し走るスピードを遅める。

赤い人たちがもうすぐそこに来ている。

信義はポケットの中の1円玉を摑んだだけ投げた。それでまた全速で走る。すぐに咲たちに追いついた。

赤い人たちは1円玉を拾っている。

「おい。おめこのおい」叫んでいる。

ビニール紐の結界を越えた。それでも、すぐに立ち止まる気にはならなかった。走ることは出来なかったけど、少しでもあっちから離れようと歩いた。しばらく行ったところで「もうへいき」ヨシコが言って、5人は木に寄りかかるように地べたに座り込んだ。

咲と信義は肩で息をする。地獄に来てからこっち、歩いたり上ったり泳いだり走ったり大変である。

「こわかった？」ヨシコが覗き込む。

「こわかった」咲が言った。

「でももうだいじょうぶ」ヨシコはそう言って笑う。

大きな弟が信義の側に来て何か話しかけている。「あのときはこわかったね」みたいなことを言う。信義は肯いてみせ、目を大きく見開く。そうして二人で笑っている。

小さな弟がヨシコの足にしがみ付いている。

「赤い人たち、怒ってたの？」

「あかいひとたちはいつもああです」

「いつも？」

「そう、ああしないとあかいひとからはなにもかえない」

「あれが買い物？」

「そうたくさんおかねあげたからあかいひとたちきっとよろこんでいる」

それを聞いてなんとなく安心した。

風はないが汗が乾くので涼しい。ぐったりしていたが気持が良い。咲は手に握っていた布を見てみた。

「いいぬのをかったね」ヨシコが言う。

「うん」

甘辛い匂いがする。

咲たちが腰掛けている木から少し離れたところに食べ物を売っている店が何軒か並んでいる。

食べ物屋の店は割と立派でビニールのテントのようなものが張ってあったり、雨露をしのぐ工夫がされている。

真ん中の大きな店は地獄甘エビの店みたいだ。

「あれ、甘エビの店じゃない？」咲は信義に布を手渡しながら言った。

「ホントだ」信義はそう言って咲から受取った布をバッグに仕舞う。

咲と信義が笑いながら地獄甘エビの店を見ていると「たべたいですか？」とヨシコが訊いてきた。

「さっきたくさん食べたのよ」と咲は笑う。

「おいしくなかったでしょ?」というようなことを心配そうな顔でヨシコは言うのだ。

ヨシコは咲の隣で体育座りしている。小さな弟はヨシコに寄り添って眠そうにしている。

「ヨシコも好きじゃないの?」

「うん、きらい」そう言って苦い顔をする。

「お腹減ったな」と信義、二人の会話に入ってくる。

「たべなかったの?」と言いたかったのを咲と信義に理解させるのに、ヨシコは同じことを2回言う必要があった。

「食べたんだけど、お腹が空いた」信義は出来るだけ簡潔な言葉で答える。

「なにかたべますか?」

「時間は大丈夫?」咲は小さな弟を見て言う。

「だいじょうぶ」ヨシコは言って、立ち上がった。支えをなくして小さな弟が横に倒れそうになる。それを大きな弟が笑い、みな釣られて笑い、ついには小さい弟も自分で笑った。

歩き出す。

小さい弟が信義の足に抱きつく。

信義も嬉しがって右足に小さい弟を乗せたまま歩いたりする。

小さい弟はキャッキャと笑う。

大きい弟はそれを羨ましげに見ている。きっと、そういう打ち解け方が出来ないタイプの子なんだろうと思う。その姿が咲には愛《いと》しく映る。

私もあんな感じだったな。

咲はかがんで大きい弟の手を握る。

大きい弟は、ビックリしたように咲の手を振り解《ほど》いた。咲は自分の行動を恥じた。悪いことをしたなと思っていると、大きい弟は咲を覗き込み、咲の前に手を出した。

咲はそれを握る。ヨシコが見ている。

咲は反対の手でヨシコの手を取った。

地獄に来ているからかな。

咲はあんまりそういうことを自然に出来ない方だと自分で思っていた。だから、少しビックリしている。

そういうことをする前になんだか色々考えてしまったり、ほんとにいいのかな？　とか、気持悪がられるんじゃないか？　とか、それで結局萎縮《いしゅく》して何もせずに済ませているようなことがほとんどだったから、今日の自分はきっと旅行気分なんだろうと思った。旅中のわくわくした気持っていうのはここまで行動に作用するのか？　と思ったけど、どうもそれだけじゃない気もする。

このヨシコとその弟たちに何か強烈な親和性というか、愛しさを感じるのだった。物にそういう感じを抱くことが多かった。これまで。

例えば、咲の炊飯ジャーへの思いは多分普通の人たちのそういう家電に対して抱く思いよりも強かったし、身の回りの物を大切に思う感じはきっと強い方だと思う。自分なりの考えで、そういう気持を人に向けるのが苦手というか、下手だからその代償として、気持が物に向くんじゃないかななんて考えたこともあった。

ヨシコの大きな弟の手は小さい。

骨ばっていてカサカサしている。だけど温かかった。

ヨシコの手は細長くて弟の手よりももっと荒れていたけど、綺麗な形をしていると思った。3人はニコニコしていた。その前を小さな弟と信義がはしゃいでいる。

地獄甘エビの店を覗いた。何組かの青い人たちが、食事をしている。家族連れやカップルも居る。皆、楽しげに会話しながらチューブに入った甘エビを机に叩きつけている。床には甘エビの殻が無造作に捨ててある。それを店の人が箒とチリトリで拾う。

全員が水中眼鏡をしているのが面白くて、信義は写真を撮った。

さっきから、道行く人の何人かがガムを噛むように口を動かしているのが気にかかる。その人たちは小さなカップのようなものから、千切りしたタマネギのようなものを口に入れては噛んでいる。

「あれ何？」と訊くと、ヨシコは少し考え「おいしい」と答えた。

その店はナイトマーケットの西側にあって、青い人やアメリカ人や韓国や台湾の人で賑わっていた。

小さな店で、ブルーシートで作った粗末なテントの周りに人がいっぱいいる。みんな新聞紙で出来た手のひらくらいの大きさのカップを持っている。

信義と小さい弟がその輪の中に入っていって小さいカップを二つ買ってきた。

「見て」と言って、信義はカップの中身を見せる。

　カップの素材になっている新聞にはハングルが書かれていたから多分、韓国の新聞なんだな、と咲は思った、なんで韓国のなんだろうと思って、もうひとつのカップを見たらそっちは英字新聞であったから世界各国の古新聞が地獄に集まってきてるのかもしれないと思った。

「なんだと思う」促すように信義が言う。それで初めてちゃんとカップの中身を覗いた。

　ヨシコと弟たちはニヤニヤしながら咲と信義のやりとりを見ている。

　咲はしっかりと覗き込み中の一切れを取り出して見た。

「何これ？」咲が割と大きく驚くと、ヨシコと弟たちは大笑いした。

　輪ゴムである。新聞紙のカップの中には赤いチリソースのようなものを絡めた輪ゴムが入っていた。

「おいしいよ」とヨシコが言う。弟たちも肯く。真剣な顔である。

　信義はだから逆にからかってるのかとも思った。咲と目を合わせる。

「食べてみてよ」

「ええ？　まじで」と言いながら信義はもう、輪ゴムに手を伸ばしている。

3本くらいいっぺんに取れる、それにソースが絡んでいる。ソースにはネギの刻んだのが混ざっている。口に入れる。辛みと甘みそれから香辛料の香りが広がる。ちょっと食べたことのない味だ。

味が例えば土地ならばもう大体のところに行ったことがあると思っていた、その土地の深いところにまでは行ったことがなくても大体その土地の雰囲気とかは知ってると思っていたが、ここは初めて来たというような味だった。

ネギの歯触りがあり、輪ゴムの面白い舌触りがある、それが味付けと相まって不思議に美味しい。

「旨い」信義が言うと、ヨシコが手を叩いて笑った。

弟たちも喜ぶ、小さい弟は信義の腹に飛びついたので信義はビックリしてバランスを崩して笑った。手に持ったカップを落とさないように変な体勢になっている。

カップのひとつをヨシコに渡し、食べるように促す。ヨシコはそこから輪ゴムを幾本か摘んでカップを咲の方に向けた。

咲も摘んで口に入れる。美味しかった。

信義は輪ゴムを噛みながら弟たちに食べさせる。

ヨシコが輪ゴムを地面に吐いた。

それで、地面に輪ゴムがたくさん落ちてたんだ。弟たちは、輪ゴムをどっちが遠くに飛ばせるか競い出す。信義がそれに加わった。


随分笑ったと思う。

小さい弟がついには立ったまま眠り出して咲たちは帰ることにした。

実際別れ難《がた》かった。

帰りの車では皆黙っていた。行きの沈黙とは違う沈黙。小さい弟の寝息だけが聞こえる。大きい弟は窓に額をつけていて時々咲と信義を見た。そのたびに信義と咲は目を合わせる。

こんな気持になるくらいなら、出会わない方が良かったなんて、思う。

失敗したなー、と咲は思うのだった。ちょっと泣きそうだった。

信義の方がこういうとき強かった。割り切ってしまうことが出来る。

私が先に死んでもすぐに違う人見つけるんでしょ。咲は信義を見て心の中で悪態をついてみたが、信義は黙って車のフロントグラスの方を見ていた。珍しく何か考え込んでいるように見える。

真っ暗な道に車のヘッドライトが届く範囲だけ世界があるように思える。車はゴトゴトと、時々ガタンと、走る。

ホテルに着いた。

塔は下の方だけ駐車場の明かりに照らされている。上までは見えない。入り口から漏れる明かりがまぶしい。

咲と信義は車を降りた。ヨシコも車から降りる。小さい弟も起き出して、目を擦りながらも車から降りようとする。ヨシコは弟たちに車に居るように言っている。

信義は後ろ手で車のドアを閉めた。バタンという音が響く。

小さい弟が助手席の窓を開ける、そこから大きい弟も顔を出す。信義は二人のところに近寄った。小さい弟の頭を撫でながら二人に顔を寄せ何か話しかけている。

信義はこの子たちに何か贈り物をあげたいと思った。カメラをあげようかと思ったが、現像出来るかわからないし、フィルムが手に入るかも分からなかった。それに高価すぎる。面倒に巻き込まれかねないと思った。思案して思いつき、フィルムのケースをパーカーのポケットから取り出した。

二人に見せると二人の兄弟は顔を見合わせる。信義がそれを差し出し「あげる」と言ったら喜んで受取った。

咲とヨシコは車から少し離れたところで二人になる。明日には東京に帰らないといけない。地獄には簡単に来れるはずなのだけど、もう二度と来れないかもしれないとも思っている。

なんとなく二人はお互いの顔を見る。照れて笑った。

咲はヨシコと別れたくなかった。ヨシコもそれは同じだった。

咲は自分でも驚くほど自然にヨシコを抱きしめていた。ヨシコは泣かなかった。代わりに咲を見て言った。

「きっといつかわたしたちをうんでください」

二人はベッドには荷物を散らかしていたので、布団に並んで横になった。

咲は布団の上で眠れないでいた。

信義はもう寝てしまったようだった。

それでもなんとか眠る。しかしすぐに目を覚ました。

寂しくて仕方なくなる。寂しくて眠れない。廊下から何か音が聞こえる気がする。不安でもある。涙が出てきそうにもなる。

「眠れないの？」

いつもは寝たら絶対起きない信義が咲を振り返る。偶然目を覚ましたのだ。

二人でいると極たまにこういう偶然がある。

二人は少し話して、深い眠りについた。

## 奈落の裂け目

咲は玄関の外にヨシコの車を探したが、なかった。

朝、二人はいいじまに起こされて、朝食を摂った。

蒸したお米と輪ゴムの炒め物。昨日食べた輪ゴムとは違う味付けだったけど、美味しかった。ただ、米と一緒に飲み干すわけにはいかないから、食べるのに苦労した。

今、信義がチェックアウトを済ませている。

地獄ともこれでお別れか。もう一度ヨシコたちに会いたかったが、会ってもどうすることも出来ないことは分かっていた。

咲は妙にふかふかのソファに座っている。せっかく持ってきたのでズボンはベージュのチノパンを穿いた。上は昨日と同じキャミソールとガーゼのシャツだ。他にも持ってきていたが、思ったより地獄は暖かかった。

何組かチェックアウトしている。昨日、温泉で見た白人女性の二人組も居た。こうして見ると随分若いみたいだ。

チェックアウトを済ませた信義がいいじまを伴ってやってくる。

「どうする？　まだ時間あるみたいだから、いいじまさんが少しこの辺を案内してくれるって」信義がそう言っていいじまを見ると、いいじまは咲を見て微笑んだ。

咲も微笑み返す。

「帰りってどうやって？」咲は立ち上がり、尋ねる。

「帰りは奈落の底に落ちてもらいます」

「はあ」もう、どうでも平気になってきていた咲は続ける「奈落はどこにあるんですか？」

「ええ、当ホテルの裏にございますので、奈落周辺を観光されませんか？　ご案内いたしますよ」

「なんか、濡れた男がその辺に住んでるんだって」信義が付け加える。

「住んでると申しますか、その辺に生息しております」

咲は濡れた男のことを久々に思い出した。

もうどうでも良いように思っていたが、そういえばこの旅の発端はそもそも濡れた男に会ったことであったのだった。

じゃあ、っていうんでいいじまにその辺を案内してもらうことになった。

お金を渡そうと思ったが「商売抜きですから」と言う。

いいじまは、今日は午前中だけの勤務で明日からオフなのだそうだ。それで日本人に会うのも久しぶりということで、実は咲たちと話したかったらしい。

塔の裏側には大きな湿地帯があった。昨日は気付かなかったが、塔の真裏になっているから仕方がない。

咲と信義は、いいじまに東京や日本のことを話した。こうして改めて自分の国の話をしてみると意外に話すことがない。

塔が建っている丘の上から見ると、湿地の真ん中に大きな黒い裂け目のようなものが見える。

「あれが奈落ですよ」いいじまが目を細める。

私服のいいじまは制服のときよりも老けて見える。空色のシャツの裾をこげ茶色のズボンに入れている。禿《は》げた頭を隠すように髪の毛を左右から寄せて頭頂部を覆っている。

薄ら青い顔。目が細く少しくすんだ色の白目は、青い肌に似合っているように思う。

咲と信義は奈落に向けて丘を下りる。

スーツケースは信義が持っている。信義のボストンバッグをいいじまが持っているので、咲は手ぶらにカメラだけ肩にかけている。ニコンの一眼レフでフィルムは36枚撮りを今朝部屋を出る前に詰めてきた。

昨日の夜にカメラを持っていかなかったことを後悔している。

丘を下りると、木がまばらに生えている。

細い木で樹皮がなく人の手に磨かれたようにつやつやな肌をしている。一握りほどの太さの割には高くまで伸びているな、と信義は思った。

木は日を遮るほどではないが、枝が広がっていて少なめの葉がレースのカーテンのように頭上を覆っていた。

涼しい風が吹いている。少し進むと、地面から水が染み出したように濡れている。落ち葉が積もっていてそれが水に浮いたりしている場所に出た。

広い水溜りのように見える水は透き通って綺麗で、何層にも重なっているような落ち葉は不思議と腐りもせず、赤や黄、茶の色をそのまま留《とど》めている。地面は見えない。

歩けるのかしら、と咲は信義を振り返る。信義もどうしたものか、と考えていた。

いいじまが枯葉の浮いた水溜りに足を踏み入れる。二人はそれを見た。

いいじまのスニーカーは水面に着水しそれでも沈まなかった。浮いているのではない。

水が固いのだ。

ゼリーのような弾力がある。ゼラチンを入れすぎたゼリーのような水だ。

「ここら辺の水はゼリーなんですよ」といいじまは言って、爪先で水を蹴ってみせる、水は爪先に削られる。

信義は「うわ」とか言って、ゼリー状の水の上に立ってみる。しゃがんで水を摘んでみる。強い弾力が指に伝わる。グッと押し込んでやっとゼリーは砕け指が入った。冷たいゼリーだ。

咲も隣に並んでゼリーを摘む。

「こういう和菓子あったよね」と言う。

ゼリーにもゆっくりした流れがあるようで、閉じ込められた落ち葉をじっと見ていると、ゆっくり移動している。上に乗っている咲たちもそのゆったりした動きに流される。

3人はゼリーの湿地を歩く。

信義のビーチサンダルはゼリーの上を歩くには適さないようで、何度か脱げて裸足になってしまう。

それで信義はビーチサンダルを脱いでズボンに挟んで裸足で歩く。咲は普通のスニーカーで来て良かったと思った。ハイヒールなんてさぞかし歩き辛いだろう。

ゼリーに光が当たるととても綺麗だった。

気持が良い。

二人は手でも繋ぎたかったがいいじまが居るので遠慮した。二人を見ていいじまが言う。

「私にも妻がいるんです」

いいじまの隣を咲が歩く、その隣に信義。

「私の肌、青いでしょ？」

「ええ」咲が応える。

「昔は私も黄色い肌だったのですよ」

「ああそうなんですか」咲は当たり障りのないような相槌を入れる。

「ええ、私はもともと地獄の人間じゃないんです、妻が居ましてね、それを追って地獄に来たんです」いいじまはそう言って、咲と信義を見ると、また話し出した。「最初に来たとき、妻は見つかりませんでした。それであきらめようとも思ったんですが、どうしても出来なくてね、もう一度入り口を探して地獄に来たのです、妻を見つけるまで、帰らない覚悟でね、妻をさがして地獄に滞在しているうちに私の肌はだんだん青くなっていきました、地獄に長く居ると青か赤になるんです」

咲たちが心配そうな表情を浮かべると、いいじまは「一泊程度じゃ大丈夫ですよ」と笑った。「でも、もう一度来ようなんて思わないことです、青か赤になって帰れなくなりますから」

「はあ」咲は言って、本当に大丈夫かしらと思う。

「妻は赤くなってたんですよ」

「え」

「妻は赤くなっていたんです、赤くなったらもうあんまり人らしくなくなってしまいますからね、だから私は妻をたまに見に行くんです、赤い人の村に」

「そうだったんですか」

「ええ」

いいじまの奥さんはなぜ、地獄に来たのだろうか？　もしかしたら死んだのかもしれない、咲はそう思った。訊くことはしなかったけど。

いいじまはゆっくりゼリーの湿地を歩いている。咲と信義は少し遅れて後に続く。

木にぶどうが生っている。

美味しそうな紫で一粒一粒が野球のボールくらい大きい。信義はそれが食べてみたくて仕方なかった。

「あれは？」と訊く。

「ああ、あれは濡れた男が栽培しているぶどうです」といいじまは言う。

「濡れた男」と信義は、濡れた男と言われてもいまいち分からないんですよ、という感じを含ませて言った。

「濡れた男は濡れているので赤くも青くもならないんですよ、だけど、泥棒なんです、濡れた泥棒なんです。だから、うちのホテルでは入館の際に男の方は濡れていないか触ってみるのです」

そういえば信義はホテルに入るとき、従業員の男に触られたのを思い出した。

「ただの泥棒ですか？」

「ただの泥棒ですが、多くのことを知っているのです」

ちょっとひらけた場所があり、そこに何かが山になっている。それはすぐに本の山であることが分かった。

「捨てられた本です」

　捨てられた本は地獄で山になるのだそうだ。もともと地獄は平らな土地でそこに本が捨てられて山や谷が出来たのだそうだ。

「地獄の砂は全て捨てられた本で出来ているそうです」いいじまはそう言って本の山を眺めた。咲たちは「へー」とか言って辺りを見回す。

　目の前の本の山は1メートルくらいの高さで裾野が広くなだらかな山である。

　幾種類もの本が折り重なっている。色は様々で大抵はくすんだ白で、しかし、くすんだ白にも種類があり、さらに、カラーの本や、まちまちな表紙の色などが重なって、細かなモザイクを作っていた。

　近づくと本の間から水が湧き出ている。何かがササッと動く。イモリのような生物だ。もっと見ようと顔を近づけたが、すでにみな本の隙間に隠れてしまっていた。

　湧き出る水はまだゼリーにはなっておらず、本の山で濾過《ろか》されてゼリー状になるようであった。捨てられた本の山の裾野からはゼリー状の水がゆっくり流れ出している。山の下辺りに溜まった水は深い。

　良く見ると中で何かが泳いでいる。赤いエビだった。

「甘エビです、昨日お食べになったでしょう」いいじまが言う。

ゼリーの水の深い部分を泳ぐ赤いエビはつがいのようで、２匹は重なったり離れたりしながらゆっくり泳いでいた。

「どうやって捕まえるんだろう」信義は咲に言う。そうすることで、その質問をいいじまが拾って応えてくれるだろうと思ったからだったが、いいじまはそれには応えずに別のところを見ている。信義たちから離れていった。

「網かな？」咲が言う。

「そうかもね」信義はもう興味をなくしていて、二人から離れていくいいじまを目で追っていた。二人は立ち上がりいいじまのあとをゆっくり歩いた。

いいじまは、二人がついてきていることを確認したみたいで、少し歩みを速めた。

咲と信義は顔を見合わせ、いいじまを追う。

ゼリーの上を歩く。信義は裸足だ。

さっきまでまばらに生えていた細い木が少しずつ密集してくるように思う。林だ。

いいじまは細い木の林に入っていく。咲と信義も追いかける。信義はビーチサンダルを地面に投げ、歩きながらそれを突っかけた。ゼリーの水を突き破って木の枝が飛び出しているのだ。

行く手に大きな岩がある、黒くゴツゴツしている。

溶岩のようでもあるが、溶岩よりは滑らかに見える。

いいじまが岩の前で立ち止まる。

その視線の先には男が立っていた。ゼリーの流れの上、祠《ほこら》のようにえぐれた大岩の前に、男は片足を、捨てられた数冊の本の上に乗せこちらを振り向いていた。

男は濡れていた。

咲と信義はいいじまの後ろに立った。

いいじまは濡れた男を仰ぎ見ている。濡れた男は見下ろしている。

「濡れた男」いいじまが声をかける。

「なんだ?」

「私たちは、私と妻はまだか?」

「おまえたちはまだまだだ」濡れた男が地獄語でそんなことを言う。

いいじまは肩を落とし「そうか」と言った。

濡れた男は咲がとうきゅうのエスカレーターですれ違ったあの男に間違いなかった。

というのも咲の記憶の中では男の顔などぼやけてしまっていたけど、男はあのときと全く同じコートを着て濡れていたからだ。こんな暖かいところでコートを着てびしょびしょに濡れた男なんてそんなに沢山いるとは思えない。

濡れた男は、しばらく咲と信義の方を見ていたがやがて振り返り祠を一度見ると早足で行ってしまった。

鳥がナ行で鳴いている。信義が上を向くと手と足を生やした鳥が木の枝に捕まり、器用に木と木の間を渡っていった。顔が鳥の猿みたいだった。

「濡れた男です」いいじまは言った。

咲と信義はいいじまを見る。二人は分かっていた。

「濡れた男に何を訊いたんですか？」咲は思い切って訊いてみた。

「ええ、私たちが生まれるのはまだかと、尋ねたんです」

いいじまはそう言って笑い、視線を地面に落とした。

「ここは死者の国なのですか？」咲は訊いた。

「そうですね、死んだものも、まだ死に始めていないものも居ます、生者とは死に続けているものですから」

風が吹いていて、信義は咲といいじまのやりとりを聞くとはなしに聞きながら手足の生えた鳥を探していた。見つからない。視線を落とし大岩がえぐれて出来た祠のような場所を見た。

日を受けてテラテラと輝いている。

黒い岩はゴツゴツしているが、そのゴツゴツの目は粗く、溶岩のように細かな気泡が入っているわけではない。まるで黒い大きなゴミ袋みたいな岩だ。

それが内側に向かってえぐれ、ちょっとした洞窟のようになっている。祠に見えた。

さっきから信義が見ているのはその祠に置かれた何かだ。二つ並べて置いてある。

白と紺。

信義がずっと見ているので咲もそれが気になった。二人はなんとなくそれに近づく。

「あ、ジャーだ」咲が言った。

それは炊飯ジャーだった。二つある。白い方は大木家で使っていた、信義が買った炊飯ジャー。

もうひとつの紺色のは咲が東京に出てきたときに買ってずっと使っていた炊飯ジャーだった。咲が信義と結婚したときに捨てたはずの炊飯ジャーだった。

「これは？」咲はいいじまを振り返る。

「炊飯ジャーでしょう」

「ええ、そうなんですけど、」

「さあ、お二人はこれに呼ばれたのかもしれませんね」といいじまは言った。

信義は炊飯ジャーが本当にあの見知ったジャーかどうか確かめようと近づいた。

「ねえ、これ保温になってるよ」

咲も近づく。「ほんとだ」二人は片膝をついて炊飯ジャーを包むようにかがんでいる。

二人は顔を見合わせた。

炊飯ジャーは使い古されたもので、多分、咲と信義が使っていたものだと思えた。

二人は思ってた以上に炊飯ジャーのディテールを自分たちが覚えていなかったことにビックリした。

特に咲はそうだった。咲は炊飯ジャーが好きだったから、自分がこんなに炊飯ジャーの細部を覚えていなかったと知ってそれなりにショックだった。なんだか申し訳ない気持になって炊飯ジャーをそっと撫でた。

炊飯ジャーの蒸気を逃がす穴から熱い蒸気が出ていて「あち」となったが、それはそんなに熱くはなかった。咲には炊飯ジャーの吐息のように思えた。蓋を開けてみる。信義もそれにならうように自分の白いジャーを開けた。

中には炊き立てのご飯が入っている。咲は手を突っ込んだ、「あちあち」と言ってご飯を摘む、それを口に入れる。信義も真似する。

そして、お互いのジャーからご飯を摘んで交互に食べた。それは甘くてちょうどいい舌触りで完璧な粘度があり複雑だけど純粋なお米の味だった。

二人は夢中で食べた。

「うめえ」と信義は言う。咲は無言だった。

お腹がいっぱいになると、炊飯ジャーの蓋を閉める。

「そろそろ行きますか？」といいじまが言う。

信義は炊飯ジャーを持って帰るつもりだった。

だけど、咲には全くそうする気がないように見える。自分がお金を出して手に入れたものなんだから持って帰って当然だろうと信義は思っていたが、咲の態度を見て考えてみる。

確かに、二つの炊飯ジャーはまるで夫婦のようにも見えた、それはどっかの工場で誰かが組み立てたものだから、そんな、夫婦に見えるなんて馬鹿げたことなんだけど、二つを引き離したり、ここからどこかに連れ去ってしまうのは何か気がとがめるのも確かだった。しばらく考えて信義は二つの炊飯ジャーを元あったところに置いていくことに決めた。

「行きましょう」いいじまは言って、咲と信義はあとについて歩いた。

亀裂はどこまでも深かった。

地面に突然割れ目が出来ていてそこにゼリー状の水がゆっくりゆっくり流れ込んでいく。

「奈落です」

奈落の底を覗き込む。底から何かがひらひらと昇ってくるのが見えた。それは蝶々だった。良く見ると、無数の蝶々が奈落の底から立ち上ってくる。

「蝶々だけは自由に行き来出来るのです」

蝶々は、地獄の空に向かって昇る。

地獄の空は青かった。海のようにも見えた、それでもやっぱり空だった、東京の空と同じ空。咲はヨシコの青さを思い出した。

3人は奈落の裂け目の縁に立っている。

信義は地獄の空を見上げる妻を見た。それで何か、安心するのだった。

奈落の底に向かって階段がある。階段は途中から真っ暗で先が見えなくなっていた。いったいどこまで続くんだろう。

「私はここまでしか行けません、青や赤の人はここから先には行けないんです」いいじまはそう言って、別れを惜しむように微笑んだ。

「お世話になりました」信義が言う。

「地獄は面白かったですか？」

「ええ、はい、とても良かったです。また来ますよ」

「いいえ、もう一度来たら赤か青になってしまいますよ」

「そうか」

いいじまは笑った。信義はスーツケースを持つと「じゃあ」と言った。

「さようなら、階段を下り続けていくと、五反田とうきゅうの食品売り場のトイレのところに出るはずですから」いいじまが言うと信義は咲を見て出発を促す。

階段の方へ歩く。咲は信義に向かってちょっと手を挙げて待つように伝えた。信義は階段のそばまで歩いて止まった。

「あの」咲はいいじまを見る。いいじまは「何か？」という顔で咲を見る。

「私、ヨシコに、あの、いつか私たちを産んでくださいねって言われました」

「そうですか」

「どういう意味でしょう？」

「そういう意味だと思いますよ」

「そうですか」

「ええ」

二人はもう一度いいじまに手を振ると奈落の底に向かって階段を下り始めた。

さよなら地獄。なかなか良い旅でした。

階段はずっと続いて途中から真っ暗になった。

二人は荷物を持ち替えて片手を空けると、手を繋いで歩いた。

ずっと繋いでいるわけにはいかないから、きっとなんかの拍子に離さなくてはいけないのだけど。

まあとりあえず手を繋いでいたい気持だったので、二人は手を繋いで真っ暗な階段を一歩一歩下りていった。

おわり

# 解説

しまおまほ

前田司郎さんの作品からにじむ「地元愛」には親近感がわく。お互い、東京で生まれ育ったという共通点が大きいかもしれない。自分のそれと同じ温度だと思っている。

特に「よさこい感」の無さというか。「ＹＯＳＡＫＯＩ感」の無さ、と書いた方がさらにしっくりくる。故郷を愛し、毎年祭りの時期になると必ず地元へ帰ってフンドシを締め神輿《みこし》を担ぐ、というタイプで無さそうなところに共感している。こんなことを言って、実は前田さんが大のお祭り男だったら示しがつかないのだけれど。一応インターネットで「前田司郎　祭り　好き」と検索したが、それらしいものはヒットしなかったので、書いている。

別に祭りが嫌いじゃない、ましてや参加する人に文句が言いたいわけでもない。地元の夏祭りには時間があれば行くし、たまたま出かけた先で祭りなどやっていたら普通に嬉しい。ただ「YOSAKOI」となると突然身構えてしまう。どういうわけか、とても気恥ずかしくなる。祭りが盛り上がれば盛り上がるほど、逆にどんどん自分の孤独感が強まっていくような気がする。踊っている中に、5割増のメイクをした知り合いが汗だくで踊っていたらどうしようと思う。祭り中、どこに焦点を合わせていいかもわからない。この人たち、わたしの本を買ったりしないだろうな、と自虐的な気分にさえなってしまう。わたしの住む町の小さな商店街でも、いつからともなく最近祭りに「YOSAKOI」を取り入れる雰囲気がにわかに高まってきていて、道ばたで踊る集団を見るにつけ「コレ以上盛リ上ガリマセンヨウニ」と冷めたお願いごとを唱えてしまう。本当に申し訳ないとは思いつつも、祭りの温度はぬるめのほうが好きなのだ。おそらく、前田さんもそんなんじゃないかなあ、と勝手に決めつけている。

地獄の入り口だってぬるい場所にあったではないか。毎日のように前を通るが入ったことのない建物や、ときどき顔を合わせるけども素性をまったく知らないおばさん。

よく知った場所でもずっと足を踏み入れていない領域がいくつもある。長期旅行などから帰る道すがら、顔見知りの人や建物を見るよりそんな微妙な距離感にある地元の風景を見て、はじめて心から「帰ってきた」という気持ちになれたりする。そういう所に地獄の入り口はあるのかもしれない。わたしの地元で思いつくのは、商店街にある謎の親子が経営するリサイクルショップだとか、和菓子屋の横にあるどこにもつながっていないであろう暗く細い路地だとか、前を通るだけでカビ臭いニオイのするビリヤード場だとか。

おそらく、別のどこかで生活していても変わらなかったと思う。同じようなことに気づいたり気づかなかったりしていたはず。でも、もう今となっては自分が住んでいる〝ここ〟でないと考えられない、感じられなかったことがたくさんある。たまたまそこにいること、あることって大事なんだな、と思う。

咲と信義もそんな感じだ。生き方や趣味に特に強いこだわりがあるわけではないが、暮らしの中で生まれた小さな愛着や成り行きを大切にしている。五反田という場所もそうだし、炊飯ジャーやサンダルやショートカットもそうだ。２人が物や事柄に愛情をかける様子はなんだか可愛くて愛おしい。

「地獄旅行」は超絶的な非日常のはずなのに、気づくのはお互いの良さだったり、なれ合っていた自分たちへの反省だったりする素朴な2人。そんな素朴で鈍くて細かいことは気に留めない信義は理想のタイプの男性かもしれない。旅の中で信義がむっつりスケベな面を見せる度ワクワクしてしまった。サンダルをつっかけているところとか、妻の収入に頼ることの体裁など気にしない、信義、かっこいい。

わたしは今年33歳になるけれど結婚も同棲も未経験で恋人と呼べる人もいないから、こんなささやかに相手を想う生活がうらやましくて仕方がない。

咲は機能的になった生活が味気ないと感じていたようだけれど、風呂場で信義が排水溝に向けてしたオシッコを咲が手で湯をかけて流したり、信義が旅行の荷物にコンタクトを入れるという素晴らしい機能のどこが味気ないというのだろう！　特にコンタクトの件はもっと評価されてもいい！　あれは本当に大事なこと。本当に「良いことに気がついた」とわたしも言おう。

そんな機能が備わったからこそ、恋愛と結婚の折り合いがついたはず。つくづくうらやましい。折り合いなんて、他人とも自分の中でもついたことがないや。

生活を共にできる相手と、恋をする相手はイコールになるのか。わたしのこんな悩み事どうでもいいか。でも、どうなんですか。

それこそ、地元愛のように人を好きになれたらいいのだけど。ＹＯＳＡＫＯＩでなくていい、ぬるくていいので。

最後に、まさかとは思うけれどなんとなく不安がよぎったので、念のためインターネットで「前田司郎　ＹＯＳＡＫＯＩ」でも検索してみた。そうしたら、１年ほど前にＹＯＳＡＫＯＩを題材にした短編の舞台を前田さんが作っていたという記事がヒットしてしまった。前田さんが女性にＹＯＳＡＫＯＩ指導をするというものらしい……。

……ま、いっか。大丈夫だよね。

――エッセイスト

この作品は二〇〇八年十二月小社より刊行されたものです。

## 幻冬舎文庫

●好評既刊
**LOVE GAME**
安達元一

「恋愛」をゲーム化し、課題を克服した参加者に高額賞金を与えるLOVE GAME財団。その目的とはいったい？ テレビ界の鬼才、人気放送作家が満を持して放つ衝撃の恋愛ミステリー。

●好評既刊
**最高の涙**
宮里藍、世界女王への道
安藤幸代

ゴルフをやめたいとすら思った長いスランプを、宮里藍はどう乗り越え、世界ランク1位に上り詰めたのか。知られざる苦悩を共有し、ともに成長してきた著者による、米ツアー完全密着記。

●好評既刊
**死刑基準**
加茂隆康

弁護士の妻が強姦され殺害された。逮捕された男は強姦は認めながらも殺人は強固に否認。男の弁護についた水戸が法廷で見た真実とは？ 命を裁くとは何かを問う、衝撃のリーガル・サスペンス。

●好評既刊
**蒸発父さん**
詐欺師のオヤジをさがしています
岸川 真

俺の親父は結婚詐欺師だった。ヤツはいまどこでなにをしているのか。急遽結成された「親父さがし」撮影隊が、デカ、ヤクザらとのアブないやりとりを経て辿り着いた、感動のエンディングとは。

●好評既刊
**アフリカなんて二度と思い出したくないわっ！ アホ!! ……でも、やっぱり好き(泣)。**

さくら剛

「仲間」と呼べるのは戦士や僧侶、魔法使いだけ……という引きこもりが、突然アフリカ大陸を縦断することに！ 一体どうなる!? 泣くな、負けるな、さくら剛！ 爆笑アフリカ旅行記、第二弾。

## 幻冬舎文庫

●好評既刊
### 天使がいた三十日
新堂冬樹

子供を身籠った最愛の妻を亡くした日吉友哉。仕事、金、家も失い、自身も旅立つ決意をしたクリスマスイブの日、チョコレート色をしたアイリッシュ・セターと出会う……。珠玉の純愛小説。

●好評既刊
### 人生解毒波止場
根本　敬

生ゴミを食らうゴミ屋敷老婆、銀座の画廊で個展を開いた大阪の路上生活者、包皮を食う究極のマゾヒスト等、次々出現する異形の怪物。醜悪でありながら無類の面白さを放射する人間エッセイ。

●好評既刊
### ゴルフは想像力でうまくなる！
増田哲仁

「クラブは上げて、上げる」「歩くようにスウィングする」「ヘッドアップしていい」等々目からウロコのカリスマレッスン。誰でも250ヤード飛ばし、80台で回る、楽しく上達する36のアイデア集。

●好評既刊
### スイングを変えないで10打縮める
松本　進／著
デビッド・ライト／監修

「池があるとなぜか決まって入れてしまう」「たった1mのパットが決まらない」「OBの打ち直しもまたOB」。実はあなたのマインドに原因があった。読むだけでスコアUP、ゴルフ超心理学。

●好評既刊
### 美女のナイショの毛の話
南美希子

「欧米ではアンダーヘアの手入れは常識!?」「噂のピュビケアを初体験」「男が長い髪の女を好むわけ」。女同士でもタブーの毛について、美容や文化人類学の視点から考察した刺激的なエッセイ集。

# 幻冬舎文庫

●好評既刊
## 37日間漂流船長
## あきらめたから、生きられた
石川拓治

明日になればなんとかなるはず。そのうち食料が尽き、水もなくなり、聴きつないだ演歌テープも止まった。たった独り、太平洋のど真ん中で37日間漂流し死にかけた漁師の身に起きた奇跡とは？

●好評既刊
## 坊っちゃん殺人事件
内田康夫

浅見家の「坊っちゃん」浅見光彦は、松山の取材中に美女「マドンナ」に出会うが、後日、彼女の絞殺体が発見される。疑惑は光彦に——。四国路を舞台に連続殺人事件に迫る傑作ミステリ。

●好評既刊
## 江戸人のしきたり
北嶋廣敏

江戸前って鰻のこと？　行灯で本は読めたのか？　鮪は塩漬け、初鰹はからしがうまい？　千両役者の年収は1億円以上？……。将軍から長屋住まいの庶民まで、江戸人に学ぶ、賢く生活する知恵。

●好評既刊
## 悪夢の商店街
木下半太

さびれた商店街の豆腐屋の息子が、隠された大金の鍵を握っている⁉　息子を巡り美人結婚詐欺師、天才詐欺師、女子高生ペテン師、ヤクザが対決。勝つのは誰だ？　思わず騙される痛快サスペンス。

●好評既刊
## 銀色夏生です。
## ツイッター、はじめます。
銀色夏生

5月1日、ツイッターをはじめた。そこには、信じられないような出会いが待っていた——。詩人・銀色夏生と大勢のファンたちとの、ツイッター上での膨大な言葉のやりとり。

# 幻冬舎文庫

●好評既刊
## 偽りの血
笹本稜平

兄の自殺から六年、深沢は兄が自殺の三日前に結婚していたこと、多額の保険金がかけられていたことを知らされる。ひとり真相を探る彼の元に、死んだはずの兄からメールが届く。長編ミステリ。

●好評既刊
## がばいばあちゃんの手紙
島田洋七

佐賀のがばいばあちゃんは、ことあるごとに手紙をくれた。手紙のおかげで、いつもばあちゃんが見守ってくれているような気がした。一枚の紙につまった、ばあちゃんの知恵の数々、初公開！

●好評既刊
## 超魔球スッポぬけ！
朱川湊人

カレーが食べられて小説が書ければ、とりあえず幸せ！　ノスタルジックで温かな物語で読者を泣かせ続ける直木賞作家・シュカワが、バカチンで数奇な日常を綴った、笑いで泣かせる初エッセイ。

●好評既刊
## 探偵ザンティピーの休暇
小路幸也

ザンティピーは数カ国語を操るNYの名探偵。「会いに来て欲しい」という電話を受け、妹の嫁ぎ先の北海道に向かう。だが再会の喜びも束の間、妹が差し出したのは人骨だった！　痛快ミステリ。

●好評既刊
## シグナル
関口　尚

映画館でバイトを始めた恵介。そこで出会った映写技師のルカは、一歩も外へ出ることなく映写室で暮らしているらしい。なぜ彼女は三年間も閉じこもったままなのか？　青春ミステリ感動作！

# 幻冬舎文庫

●好評既刊
## 無言の旅人
仙川　環

交通事故で意識不明になった三島耕一の自宅から尊厳死の要望書が見つかった。苦渋の選択を迫られた家族や婚約者が決断を下した時、耕一の身に異変が——。胸をつく慟哭の医療ミステリ。

●好評既刊
## 血液力
毎日の正しい「食べ合わせ」でキレイになれる！
千坂諭紀夫

皮をむかない、アクを抜かない、なるべく切らない、ひたすら煮炊きする、梅干しを加える。食材の性質を深く理解し、この方法を実践するだけで、美しく健康になる。「千坂式食療法」の決定版！

●好評既刊
## インターフォン
永嶋恵美

プールで見知らぬ女に声をかけられた。昔、同じ団地の役員だったという。気を許した隙に、三歳の娘が誘拐された（表題作）。他、団地のダークな人間関係を鮮やかに描いた十の傑作ミステリ。

●好評既刊
## 瘤
西川三郎

横浜みなとみらいで起こった連続殺人事件。死体にはいずれも十桁の数字が残されていた。捜査線上に浮上した二人の男と、秘められた過去の因縁とは。衝撃のラストに感涙必至の長編ミステリ。

●好評既刊
## 収穫祭（上）（下）
西澤保彦

一九八二年夏。嵐で孤立した村で被害者十四名の大量惨殺が発生。凶器は、鎌。生き残ったのは三人の中学生。時を間歇したさらなる連続殺人。二十五年後、全貌を現した殺人絵巻の暗黒の果て。

# 幻冬舎文庫

# 幻冬舎文庫

●好評既刊
## 目線
天野節子

建設会社社長が、自身の誕生日に謎の死を遂げる。そして、哀しみに沈む初七日に、新たな犠牲者が出る。社長の死は、本当に自殺なのか？　3人の刑事が独自に捜査を開始する。長編ミステリ。

●好評既刊
## セカンドバージン
大石　静

中堅出版社の辣腕専務・るいは、十七歳年下の金融庁キャリア・行と出会う。二人は年齢差を超え、お互いを激しく求め合うようになる。けれど行の妻の思いがけぬ反撃に遭い——。

●好評既刊
## ユダ〈上〉〈下〉
伝説のキャバ嬢「胡桃《くるみ》」、掟破りの8年間
立花胡桃

キャバ嬢になった胡桃は、たちまち手腕を発揮し不動のNo.1を摑む。男を騙し、金しか信じず、孤独を隠し、愛に葛藤する。欲望渦巻く駆け引きの応酬に息つく暇もない、話題騒然のデビュー小説。

●好評既刊
## 走れ！　T校バスケット部2
松崎　洋

ウインターカップに出場し、全国の壁を知ったT校バスケ部員。そんな中、陽一たちは謎のホームレスと出会って——。部活も恋も友情も、一層ヒートアップする大人気青春小説シリーズ、第二弾。

●好評既刊
## ハナミズキ
吉田紀子

自身の夢のため東京の大学に進んだ紗枝と、故郷に残り漁師になった恋人の康平。互いを思いながらも、二人は少しずつすれ違っていく。名曲「ハナミズキ」から生まれた、珠玉の恋愛小説。

# 大木家《おおきけ》のたのしい旅行《りょこう》　新婚地獄篇《しんこんじごくへん》

前田司郎《まえだしろう》

平成23年1月25日　初版発行

発行人——石原正康
編集人——永島賞二
発行所——株式会社幻冬舎
〒151-0051東京都渋谷区千駄ヶ谷4-9-7
電話　03(5411)6222(営業)
03(5411)6211(編集)
振替00120-8-767643
印刷・製本—中央精版印刷株式会社
装丁者——高橋雅之



幻冬舎文庫

ISBN978-4-344-41611-6　C0193　ま-21-1